gross.druck

K · G · Saur

Bücher in größerer Schrift

Johann Wolfgang von Goethe

Die Leiden des jungen Werthers

gross.druck
K · G · Saur

Die vorliegende Ausgabe folgt dem Text der Erstausgabe von 1774

Die Deutsche Bibliothek - CIP-Einheitsaufnahme

Goethe, Johann Wolfgang /von:
Die Leiden des jungen Werthers : [die vorliegende Ausgabe folgt dem Text der Erstausgabe von 1774] / Johann Wolfgang von Goethe. - München : Saur, 2002
(gross.druck)

ISBN 3-598-80004-5

Umschlaggestaltung: Zembsch' Werkstatt, München

Gesamtherstellung: Bookwise, München
Printed in Slovakia

ISBN 3-598-80004-5

ERSTER THEIL

Was ich von der Geschichte des armen Werthers nur habe auffinden können, habe ich mit Fleiß gesammlet, und leg es euch hier vor, und weis, daß ihr mir's danken werdet. Ihr könnt seinem Geist und seinem Charakter eure Bewunderung und Liebe, und seinem Schicksaale eure Thränen nicht versagen.

Und du gute Seele, die du eben den Drang fühlst wie er, schöpfe Trost aus seinem Leiden, und laß das Büchlein deinen Freund seyn, wenn du aus Geschick oder eigner Schuld keinen nähern finden kannst.

am 4. May. 1771.

Wie froh bin ich, daß ich weg bin! Bester Freund, was ist das Herz des Menschen! Dich zu verlassen, den ich so liebe, von dem ich unzertrennlich war, und froh zu seyn! Ich weis, Du verzeihst mir's. Waren nicht meine übrigen Verbindungen recht ausgesucht vom Schicksaal, um ein Herz wie das meine zu ängstigen? Die arme Leonore! Und doch war ich unschuldig! Konnt ich dafür, daß, während die eigensinnigen Reize ihrer Schwester mir einen angenehmen Unterhalt verschafften, daß eine Leidenschaft in dem armen Herzen sich bildete! Und doch – bin ich ganz unschuldig? Hab ich nicht ihre Empfindungen genährt? Hab ich mich nicht an denen ganz wahren Ausdrücken der Natur, die uns so oft zu lachen machten, so wenig lächerlich sie waren, selbst ergözt! Hab ich nicht – O was ist der Mensch, daß er über sich klagen darf! – Ich will, lieber Freund, ich verspreche Dir's, ich will mich bessern, will nicht mehr das Bisgen Uebel, das das Schicksaal uns vorlegt, wiederkäuen, wie ich's immer gethan habe. Ich will das Gegenwärtige genießen, und das Vergangene soll mir vergangen seyn. Gewiß Du hast recht, Bester: der Schmerzen wären minder unter den Menschen, wenn sie nicht – Gott weis warum sie so gemacht sind – mit so viel Emsigkeit der Einbildungskraft sich beschäftigten, die Erinnerungen des vergangenen Uebels zurückzurufen, ehe denn eine gleichgültige Gegenwart zu tragen.

Du bist so gut, meiner Mutter zu sagen, daß ich ihr Geschäfte bestens betreiben, und ihr ehstens Nachricht davon geben werde. Ich habe meine Tante gesprochen, und habe bey weiten das böse Weib nicht gefunden, das man bey uns aus ihr macht, sie ist eine muntere heftige Frau von dem besten Herzen. Ich erklärte ihr meiner Mutter Beschwerden über den zurückgehaltenen Erbschaftsantheil. Sie sagte mir ihre Gründe, Ursachen und die Bedingungen, unter welchen sie bereit wäre alles heraus zu geben, und mehr als wir verlangten – Kurz, ich mag jezo nichts davon schreiben, sag meiner Mutter, es werde alles gut gehen. Und ich habe, mein Lieber! wieder bey diesem kleinen Geschäfte gefunden: daß Mißverständnisse und Trägheit vielleicht mehr Irrungen in der Welt machen, als List und Bosheit nicht thun. Wenigstens sind die beyden leztern gewiß seltner.

Uebrigens find ich mich hier gar wohl. Die Einsamkeit ist meinem Herzen köstlicher Balsam in dieser paradisischen Gegend, und diese Jahrszeit der Jugend wärmt mit aller Fülle mein oft schauderndes Herz. Jeder Baum, jede Hecke ist ein Straus von Blüten, und man möchte zur Mayenkäfer werden, um in dem Meer von Wohlgerüchen herumschweben, und alle seine Nahrung darinne finden zu können.

Die Stadt ist selbst unangenehm, dagegen rings umher eine unaussprechliche Schönheit der Natur. Das bewog den verstorbenen Grafen von M.. einen Garten auf einem der Hügel anzulegen, die mit der schönsten Mannigfaltigkeit der Natur sich kreuzen, und die lieblichsten Thäler bilden. Der Garten ist einfach, und man fühlt gleich bey dem Eintritte, daß nicht ein wissenschaftlicher Gärtner, sondern ein fühlendes Herz den Plan bezeichnet, das sein selbst hier genießen wollte. Schon manche Thräne hab ich dem Abgeschiedenen in dem verfallnen Cabinetgen geweint, das sein Lieblingsplägen war, und auch mein's ist. Bald werd ich Herr vom Garten seyn, der Gärtner ist mir zugethan, nur seit den paar Tagen, und er wird sich nicht übel davon befinden.

am 10. May.

Eine wunderbare Heiterkeit hat meine ganze Seele eingenommen, gleich denen süßen Frühlingsmorgen, die ich mit ganzem Herzen geniesse. Ich bin so allein und freue mich so meines Lebens, in dieser Gegend, die für solche Seelen geschaffen ist, wie die meine. Ich bin so glücklich, mein Bester, so ganz in dem Gefühl von ruhigem Daseyn versunken, daß meine Kunst darunter leidet. Ich könnte jetzo nicht zeichnen, nicht einen Strich, und bin niemalen ein grösserer Mahler gewesen als in diesen Augenblicken. Wenn das liebe Thal um mich dampft, und die hohe Sonne an der Oberfläche der undurchdringlichen Finsterniß meines Waldes ruht, und nur einzelne Strahlen sich in das innere Heiligthum stehlen, und ich dann im hohen Grase am fallenden Bache liege, und näher an der Erde tausend mannigfaltige Gräsgen mir merkwürdig werden. Wenn ich das Wimmeln der kleinen Welt zwischen Halmen, die unzähligen, unergründlichen Gestalten, all der Würmgen, der Mückgen, näher an meinem Herzen fühle, und fühle die Gegenwart des Allmächtigen, der uns all nach seinem Bilde schuf, das Wehen des Allliebenden, der uns in ewiger Wonne schwebend trägt und erhält. Mein Freund, wenn's denn um meine Augen dämmert, und die Welt um mich her und Himmel ganz in meiner Seele ruht, wie die Gestalt einer Geliebten; dann sehn ich mich oft und denke: ach könntest du das wieder ausdrücken, könntest du dem Papier das einhauchen, was so voll, so warm in dir lebt, daß es würde der Spiegel deiner Seele, wie deine Seele ist der Spiegel des unendlichen Gottes. Mein Freund – Aber ich gehe darüber zu Grunde, ich erliege unter der Gewalt der Herrlichkeit dieser Erscheinungen.

am 12. May.

Ich weis nicht, ob so täuschende Geister um diese Gegend schweben, oder ob die warme himmlische Phantasie in meinem Herzen ist, die mir alles rings umher so paradisisch macht. Da ist gleich vor dem Orte ein Brunn' ein Brunn', an den ich gebannt bin wie Melusine mit ihren Schwestern. Du gehst einen kleinen Hügel hinunter, und findest dich vor einem Gewölbe, da wohl zwanzig Stufen hinab gehen, wo unten das klarste Wasser aus Marmorfelsen quillt. Das Mäuergen, das oben umher die Einfassung macht, die hohen Bäume, die den Platz rings umher bedecken, die Kühle des Orts, das hat alles so was anzügliches, was schauerliches. Es vergeht kein Tag, daß ich nicht eine Stunde da sizze. Da kommen denn die Mädgen aus der Stadt und holen Wasser, das harmloseste Geschäft und das nöthigste, das ehmals die Töchter der Könige selbst verrichteten. Wenn ich da sizze, so lebt die patriarchalische Idee so lebhaft um mich, wie sie alle die Altväter am Brunnen Bekanntschaft machen und freyen, und wie um die Brunnen und Quellen wohlthätige Geister schweben. O der muß nie nach einer schweren Sommertagswanderung sich an des Brunnens Kühle gelabt haben, der das nicht mit empfinden kann.

am 13. May.

Du fragst, ob Du mir meine Bücher schikken sollst? Lieber, ich bitte dich um Gottes willen, laß mir sie vom Hals. Ich will nicht mehr geleitet, ermuntert, angefeuret seyn, braust dieses Herz doch genug aus sich selbst, ich brauche Wiegengesang, und den hab ich in seiner Fülle gefunden in meinem Homer. Wie oft lull ich mein empörendes Blut zur Ruhe, denn so ungleich, so unstet hast Du nichts gesehn als dieses Herz. Lieber! Brauch ich Dir das zu sagen, der Du so oft die Last getragen hast, mich vom Kummer zur Ausschweifung, und von süsser Melancholie zur verderblichen Leidenschaft übergehn zu sehn. Auch halt ich mein Herzgen wie ein krankes Kind, all sein Wille wird ihm gestattet. Sag das nicht weiter, es giebt Leute, die mir's verübeln würden.

am 15. May.

Die geringen Leute des Orts kennen mich schon, und lieben mich, besonders die Kinder. Eine traurige Bemerkung hab ich gemacht. Wie ich im Anfange mich zu ihnen gesellte, sie freundschaftlich fragte über dieß und das, glaubten einige, ich wollte ihrer spotten, und fertigten mich wol gar grob ab. Ich ließ mich das nicht verdriessen, nur fühlt ich, was ich schon oft bemerkt habe, auf das lebhafteste. Leute von einigem Stande werden sich immer in kalter Entfernung vom gemeinen Volke halten, als glaubten sie durch Annäherung zu verlieren, und dann giebts Flüchtlinge und üble Spasvögel, die sich herabzulassen scheinen, um ihren Uebermuth dem armen Volke desto empfindlicher zu machen.

Ich weiß wohl, daß wir nicht gleich sind, noch seyn können. Aber ich halte dafür, daß der, der glaubt nöthig zu haben, vom sogenannten Pöbel sich zu entfernen, um den Respekt zu erhalten, eben so tadelhaft ist, als ein Feiger, der sich für seinem Feinde verbirgt, weil er zu unterliegen fürchtet.

Lezthin kam ich zum Brunnen, und fand ein junges Dienstmädgen, das ihr Gefäß auf die unterste Treppe gesetzt hatte, und sich umsah, ob keine Camerädin kommen wollte, ihr's auf den Kopf zu helfen. Ich stieg hinunter und sah sie an. Soll ich ihr helfen, Jungfer? sagt ich. Sie ward roth über und über. O nein Herr! sagte sie. – Ohne Umstände – Sie legte ihren Kringen zurechte, und ich half ihr. Sie dankte und stieg hinauf.

den 17. May.

Ich hab allerley Bekanntschaft gemacht, Gesellschaft hab ich noch keine gefunden. Ich weiß nicht, was ich anzügliches für die Menschen haben muß, es mögen mich ihrer so viele, und hängen sich an mich, und da thut mirs immer weh, wenn unser Weg nur so eine kleine Strecke mit einander geht. Wenn Du fragst, wie die Leute hier sind? muß ich Dir sagen: wie überall! Es ist ein einförmig Ding um's Menschengeschlecht. Die meisten verarbeiten den grösten Theil der Zeit, um zu leben, und das Bisgen, das ihnen von Freyheit übrig bleibt, ängstigt sie so, daß sie alle Mittel aufsuchen, um's los zu werden. O Bestimmung des Menschen!

Aber eine rechte gute Art Volks! Wann ich mich manchmal vergesse, manchmal mit ihnen die Freuden genieße, die so den Menschen noch gewährt sind, an einem artig besetzten Tisch, mit aller Offen- und Treuherzigkeit sich herum zu spassen, eine Spazierfahrt, einen Tanz zur rechten Zeit anzuordnen und dergleichen, das thut eine ganz gute Würkung auf mich, nur muß mir nicht einfallen, daß noch so viele andere Kräfte in mir ruhen, die alle ungenutzt vermodern, und die ich sorgfältig verbergen muß. Ach das engt all das Herz so ein – Und doch! Misverstanden zu werden, ist das Schicksal von unser einem.

Ach daß die Freundin meiner Jugend dahin ist, ach daß ich sie je gekannt habe! Ich würde zu mir sagen: du bist ein Thor! du suchst, was hienieden nicht zu finden ist. Aber ich hab sie gehabt, ich habe das Herz gefühlt, die große Seele, in deren Gegenwart ich mir schien mehr zu seyn als ich war, weil ich alles war was ich seyn konnte. Guter Gott, blieb da eine einzige Kraft meiner Seele ungenutzt, konnt ich nicht vor ihr all das wunderbare Gefühl entwickeln, mit dem mein Herz die Natur umfaßt, war unser Umgang nicht ein ewiges Weben von feinster Empfindung, schärfstem Witze, dessen Modifikationen bis zur Unart alle mit dem Stempel des Genies bezeichnet waren? Und nun – Ach ihre Jahre, die sie voraus hatte, führten sie früher an's Grab als mich. Nie werd ich ihrer vergessen, nie ihren festen Sinn und ihre göttliche Duldung.

Vor wenig Tagen traf ich einen jungen V an, ein offner Junge, mit einer gar glücklichen Gesichtsbildung. Er kommt erst von Akademien, dünkt sich nicht eben weise, aber glaubt doch, er wüßte mehr als andere. Auch war er fleißig, wie ich an allerley spüre, kurz er hatt' hüpsche Kenntnisse. Da er hörte, daß ich viel zeichnete, und Griechisch konnte, zwey Meteore hier zu Land, wandt er sich an mich und kramte viel Wissens aus, von Batteux bis zu Wood, von de Piles zu Winkelmann, und versicherte mich, er habe Sulzers Theorie den ersten Theil ganz durchgelesen, und besitze ein Manuscript von Heynen über das Studium der Antike. Ich ließ das gut seyn.

Noch gar einen braven Kerl hab ich kennen lernen, den fürstlichen Amtmann. Einen offenen, treuherzigen Menschen. Man sagt, es soll eine Seelenfreude seyn, ihn unter seinen Kindern zu sehen, deren er neune hat. Besonders macht man viel Wesens von seiner ältsten Tochter. Er hat mich zu sich gebeten, und ich will ihn ehster Tage besuchen, er wohnt auf einem fürstlichen Jagdhofe, anderthalb Stunden von hier, wohin er, nach dem Tode seiner Frau, zu ziehen die Erlaubniß erhielt, da ihm der Aufenthalt hier in der Stadt und dem Amthause zu weh that.

Sonst sind einige verzerrte Originale mir in Weg gelaufen, an denen alles unausstehlich ist, am unerträglichsten ihre Freundschaftsbezeugungen.

Leb wohl! der Brief wird dir recht seyn, er ist ganz historisch.

am 22. May.

Daß das Leben des Menschen nur ein Traum sey, ist manchem schon so vorgekommen, und auch mit mir zieht dieses Gefühl immer herum. Wenn ich die Einschränkung so ansehe, in welche die thätigen und forschenden Kräfte des Menschen eingesperrt sind, wenn ich sehe, wie alle Würksamkeit dahinaus läuft, sich die Befriedigung von Bedürfnissen zu verschaffen, die wieder keinen Zwek haben, als unsere arme Existenz zu verlängern, und dann, daß alle Beruhigung über gewisse Punkte des Nachforschens nur eine träumende Resignation ist, da man sich die Wände, zwischen denen man gefangen sizt, mit bunten Gestalten und lichten Aussichten bemahlt. Das alles, Wilhelm, macht mich stumm. Ich kehre in mich selbst zurük, und finde eine Welt! Wieder mehr in Ahndung und dunkler Begier, als in Darstellung und lebendiger Kraft. Und da schwimmt alles vor meinen Sinnen, und ich lächle dann so träumend weiter in die Welt.

Daß die Kinder nicht wissen, warum sie wollen, darinn sind alle hochgelahrte Schul- und Hofmeister einig. Daß aber auch Erwachsene, gleich Kindern, auf diesem Erdboden herumtaumeln, gleichwie jene nicht wissen, woher sie kommen und wohin sie gehen, eben so wenig nach wahren Zwekken handeln, eben so durch Biskuit und Kuchen und Birkenreiser regiert werden, das will niemand gern glauben, und mich dünkt, man kann's mit Händen greifen.

Ich gestehe dir gern, denn ich weis, was du mir hierauf sagen möchtest, daß diejenige die glüklichsten sind, die gleich den Kindern in Tag hinein leben, ihre Puppe herum schleppen, aus und anziehen, und mit großem Respekte um die Schublade herum schleichen, wo Mama das Zuckerbrod hinein verschlossen hat, und wenn sie das gewünschte endlich erhaschen, es mit vollen Bakken verzehren, und rufen: Mehr! das sind glükliche Geschöpfe! Auch denen ists wohl, die ihren Lumpenbeschäftigungen, oder wohl gar ihren Leidenschaften prächtige Titel geben, und sie dem Menschengeschlechte als Riesenoperationen zu dessen Heil und Wohlfahrt anschreiben. Wohl dem, der so seyn kann! Wer aber in seiner Demuth erkennt, wo das alles hinausläuft, der so sieht, wie artig jeder Bürger, dem's wohl ist, sein Gärtchen zum Paradiese zuzustuzzen weis, und wie unverdrossen dann doch auch der Unglükliche unter der Bürde seinen Weg fortkeicht, und alle gleich interessirt sind, das Licht dieser Sonne noch eine Minute länger zu sehn, ja! der ist still und bildet auch seine Welt aus sich selbst, und ist auch glüklich, weil er ein Mensch ist. Und dann, so eingeschränkt er ist, hält er doch immer im Herzen das süsse Gefühl von Freyheit, und daß er diesen Kerker verlassen kann, wann er will.

am 26. May.

Du kennst von Alters her meine Art, mich anzubauen, irgend mir an einem vertraulichen Orte ein Hüttchen aufzuschlagen, und da mit aller Einschränkung zu herbergen. Ich hab auch hier wieder ein Pläzchen angetroffen, das mich angezogen hat.

Ohngefähr eine Stunde von der Stadt liegt ein Ort, den sie Wahlheim *) nennen. Die Lage an einem Hügel ist sehr interessant, und wenn man oben auf dem Fußpfade zum Dorfe heraus geht, übersieht man mit Einem das ganze Thal. Eine gute Wirthin, die gefällig und munter in ihrem Alter ist, schenkt Wein, Bier, Caffee, und was über alles geht, sind zwey Linden, die mit ihren ausgebreiteten Aesten den kleinen Plaz vor der Kirche bedecken, der ringsum mit Bauerhäusern Scheuern und Höfen eingeschlossen ist. So vertraulich, so heimlich hab ich nicht leicht ein Pläzchen gefunden, und dahin laß ich mein Tischchen aus dem Wirthshause bringen und meinen Stuhl, und trinke meinen Caffee da, und lese meinen Homer. Das erstemal als ich durch einen Zufall an einem schönen Nachmittage unter die Linden kam, fand ich das Pläzchen so einsam. Es war alles im Felde. Nur ein Knabe von ohngefähr vier Jahren saß an der Erde, und hielt ein andres etwa halbjähriges vor

*) Der Leser wird sich keine Mühe geben, die hier genannten Orte zu suchen, man hat sich genöthigt gesehen, die im Originale befindlichen wahren Nahmen zu verändern.

ihm zwischen seinen Füssen sitzendes Kind mit beyden Armen wider seine Brust, so daß er ihm zu einer Art von Sessel diente, und ohngeachtet der Munterkeit, womit er aus seinen schwarzen Augen herumschaute, ganz ruhig saß. Mich vergnügte der Anblik, und ich sezte mich auf einen Pflug, der gegen über stund, und zeichnete die brüderliche Stellung mit vielem Ergözzen, ich fügte den nächsten Zaun, ein Tennenthor und einige gebrochne Wagenräder bey, wie es all hintereinander stund, und fand nach Verlauf einer Stunde, daß ich eine wohlgeordnete sehr interessante Zeichnung verfertigt hatte, ohne das mindeste von dem meinen hinzuzuthun. Das bestärkte mich in meinem Vorsazze, mich künftig allein an die Natur zu halten. Sie allein ist unendlich reich, und sie allein bildet den großen Künstler. Man kann zum Vortheile der Regeln viel sagen, ohngefähr was man zum Lobe der bürgerlichen Gesellschaft sagen kann. Ein Mensch, der sich nach ihnen bildet, wird nie etwas abgeschmaktes und schlechtes hervor bringen, wie einer, der sich durch Gesezze und Wohlstand modeln läßt, nie ein unerträglicher Nachbar, nie ein merkwürdiger Bösewicht werden kann; dagegen wird aber auch alle Regel, man rede was man wolle, das wahre Gefühl von Natur und den wahren Ausdruk derselben zerstören! sagst du, das ist zu hart! Sie schränkt nur ein, beschneidet die geilen Reben &c. Guter Freund, soll ich dir ein Gleichniß geben: es ist damit wie mit der Liebe, ein junges Herz hängt ganz an einem Mädchen, bringt alle Stunden seines Tags bey ihr zu, verschwendet all seine Kräfte, all sein Vermögen, um ihr jeden Augenblik auszudrükken, daß er sich ganz ihr hingiebt. Und da käme ein Philister ein Mann, der in einem öffentlichen Amte steht, und sagte zu ihm: feiner junger Herr, lieben ist menschlich, nur müßt ihr menschlich lieben! Theilet eure Stunden ein, die einen zur Arbeit, und die Erholungsstunden widmet eurem Mädchen, berechnet euer Vermögen, und was euch von eurer Nothdurft übrig bleibt, davon verwehr ich euch nicht ihr ein Geschenk, nur nicht zu oft, zu machen. Etwa zu ihrem Geburts- und Namenstage &c. – Folgt der Mensch, so giebts einen brauchbaren jungen Menschen, und ich will selbst jedem Fürsten rathen, ihn in ein Collegium zu sezzen, nur mit seiner Liebe ist's am Ende, und wenn er ein Künstler ist, mit seiner Kunst. O meine Freunde! warum der Strom des Genies so selten ausbricht, so selten in hohen Fluthen hereinbraust, und eure staunende Seele erschüttert. Lieben Freunde, da wohnen die gelaßnen Kerls auf beyden Seiten des Ufers, denen ihre Gartenhäuschen, Tulpenbeete, und Krautfelder zu Grunde gehen würden, und die daher in Zeiten mit dämmen und ableiten der künftig drohenden Gefahr abzuwehren wissen.

am 27. May.

Ich bin, wie ich sehe, in Verzükkung, Gleichnisse und Deklamation verfallen, und habe drüber vergessen, dir auszuerzählen, was mit den Kindern weiter worden ist. Ich saß ganz in mahlerische Empfindungen vertieft, die dir mein gestriges Blatt sehr zerstükt darlegt, auf meinem Pfluge wohl zwey Stunden. Da kommt gegen Abend eine junge Frau auf die Kinder los, die sich die Zeit nicht gerührt hatten, mit einem Körbchen am Arme, und ruft von weitem: Philips, du bist recht brav. Sie grüßte mich, ich dankte ihr, stand auf, trat näher hin, und fragte sie: ob sie Mutter zu den Kindern wäre? Sie bejahte es, und indem sie dem Aeltesten einen halben Wek gab, nahm sie das Kleine auf und küßte es mit aller mütterlichen Liebe. Ich habe, sagte sie, meinem Philips das Kleine zu halten gegeben, und bin in die Stadt gegangen mit meinem Aeltsten, um weis Brod zu holen, und Zukker, und ein irden Breypfännchen; ich sah das alles in dem Korbe, dessen Dekkel abgefallen war. Ich will meinem Hans (das war der Nahme des Jüngsten) ein Süppchen kochen zum Abende, der lose

Vogel der Große hat mir gestern das Pfännchen zerbrochen, als er sich mit Philipsen um die Scharre des Brey's zankte. Ich fragte nach dem Aeltsten, und sie hatte mir kaum gesagt, daß er auf der Wiese sich mit ein Paar Gänsen herumjagte, als er hergesprungen kam, und dem zweyten eine Haselgerte mitbrachte. Ich unterhielt mich weiter mit dem Weibe, und erfuhr, daß sie des Schulmeisters Tochter sey, und daß ihr Mann eine Reise in die Schweiz gemacht habe, um die Erbschaft eines Vettern zu holen. Sie haben ihn drum betrügen wollen, sagte sie, und ihm auf seine Briefe nicht geantwortet, da ist er selbst hineingegangen. Wenn ihm nur kein Unglük passirt ist, ich höre nichts von ihm. Es ward mir schwer, mich von dem Weibe loszumachen, gab jedem der Kinder einen Kreuzer, und auch für's jüngste gab ich ihr einen, ihm einen Wek mitzubringen zur Suppe, wenn sie in die Stadt gieng, und so schieden wir von einander.

Ich sage dir, mein Schaz, wenn meine Sinnen gar nicht mehr halten wollen, so linderts all den Tumult, der Anblik eines solchen Geschöpfs, das in der glüklichen Gelassenheit so den engen Kreis seines Daseyns ausgeht, von einem Tag zum andern sich durchhilft, die Blätter abfallen sieht, und nichts dabey denkt, als daß der Winter kömmt.

Seit der Zeit bin ich oft draus, die Kinder sind ganz an mich gewöhnt. Sie kriegen Zukker, wenn ich Caffee trinke, und theilen das Butterbrod und die saure Milch mit mir des Abends. Sonntags fehlt ihnen der Kreuzer nie, und wenn ich nicht nach der Betstunde da bin, so hat die Wirthin Ordre, ihn auszubezahlen.

Sie sind vertraut, erzählen mir allerhand, und besonders ergözz' ich mich an ihren Leidenschaften und simplen Ausbrüchen des Begehrens, wenn mehr Kinder aus dem Dorfe sich versammeln.

Viel Mühe hat mich's gekostet, der Mutter ihre Besorgniß zu benehmen: „Sie möchten den Herrn inkommodiren."

am 16. Juny.

Warum ich dir nicht schreibe? Fragst du das und bist doch auch der Gelehrten einer. Du solltest rathen, daß ich mich wohl befinde, und zwar – Kurz und gut, ich habe eine Bekanntschaft gemacht, die mein Herz näher angeht. Ich habe – ich weis nicht.

Dir in der Ordnung zu erzählen, wie's zugegangen ist, daß ich ein's der liebenswürdigsten Geschöpfe habe kennen lernen, wird schwer halten, ich bin vergnügt und glüklich, und so kein guter Historienschreiber.

Einen Engel! Pfuy! das sagt jeder von der seinigen! Nicht wahr? Und doch bin ich nicht im Stande, dir zu sagen, wie sie vollkommen ist, warum sie vollkommen ist, genug, sie hat all meinen Sinn gefangen genommen.

So viel Einfalt bey so viel Verstand, so viel Güte bey so viel Festigkeit, und die Ruhe der Seele bey dem wahren Leben und der Thätigkeit. –

Das ist alles garstiges Gewäsche, was ich da von ihr sage, leidige Abstraktionen, die nicht einen Zug ihres Selbst ausdrükken. Ein andermal – Nein, nicht ein andermal, jezt gleich will ich dir's erzählen. Thu ich's jezt nicht, geschäh's niemals. Denn, unter uns, seit ich angefangen habe zu schreiben, war ich schon dreymal im Begriffe die Feder niederzulegen, mein Pferd satteln zu lassen und hinaus zu reiten und doch schwur ich mir heut früh nicht hinaus zu reiten – und gehe doch alle Augenblikke ans Fenster zu sehen, wie hoch die Sonne noch steht.

Ich hab's nicht überwinden können, ich mußte zu ihr hinaus. Da bin ich wieder, Wilhelm, und will mein Butterbrod zu Nacht essen und dir schreiben. Welch eine Wonne das für meine Seele ist, sie in dem Kreise der lieben muntern Kinder ihrer acht Geschwister zu sehen! –

Wenn ich so fortfahre, wirst du am Ende so klug seyn wie am Anfange, höre denn, ich will mich zwingen ins Detail zu gehen.

Ich schrieb dir neulich, wie ich den Amtmann S. habe kennen lernen, und wie er mich gebeten habe, ihn bald in seiner Einsiedeley, oder vielmehr seinem kleinen Königreiche zu besuchen. Ich vernachläßigte das, und wäre vielleicht nie hingekommen, hätte mir der Zufall nicht den Schaz entdekt, der in der stillen Gegend verborgen liegt.

Unsere jungen Leute hatten einen Ball auf dem Lande angestellt, zu dem ich mich denn auch willig finden ließ. Ich bot einem hiesigen guten, schönen, weiters unbedeutenden Mädchen die Hand, und es wurde ausgemacht, daß ich eine Kutsche nehmen, mit meiner Tänzerinn und ihrer Baase nach dem Orte der Lustbarkeit hinausfahren, und auf dem Wege Charlotten S. mitnehmen sollte. Sie werden ein schönes Frauenzimmer kennen lernen, sagte meine Gesellschafterinn, da wir durch den weiten schön ausgehauenen Wald nach dem Jagdhause führen. Nehmen sie sich in Acht, versezte die Baase, daß Sie sich nicht verlieben! Wie so? sagt' ich: Sie ist schon vergeben, antwortete jene, an einen sehr braven Mann, der weggereist ist, seine Sachen in Ordnung zu bringen nach seines Vaters Tod, und sich um eine ansehnliche Versorgung zu bewerben. Die Nachricht war mir ziemlich gleichgültig.

Die Sonne war noch eine Viertelstunde vom Gebürge, als wir vor dem Hofthore anfuhren, es war sehr schwühle, und die Frauenzimmer äusserten ihre Besorgniß wegen eines Gewitters, das sich in weisgrauen dumpfigen Wölkchen rings am Horizonte zusammen zu ziehen schien. Ich täuschte ihre Furcht mit anmaßlicher Wetterkunde, ob mir gleich selbst zu ahnden anfieng, unsere Lustbarkeit werde einen Stoß leiden.

Ich war ausgestiegen. Und eine Magd, die an's Thor kam, bat uns, einen Augenblik zu verziehen, Mamsell Lottchen würde gleich kommen. Ich gieng durch den Hof nach dem wohlgebauten Hause, und da ich die vorliegenden Treppen hinaufgestiegen war und in die Thüre trat, fiel mir das reizendste Schauspiel in die Augen, das ich jemals gesehen habe. In dem Vorsaale wimmelten sechs Kinder, von eilf zu zwey Jahren, um ein Mädchen von schöner mittlerer Taille, die ein simples weisses Kleid mit blaßrothen Schleifen an Arm und Brust anhatte. Sie hielt ein schwarzes Brod und schnitt ihren Kleinen rings herum jedem sein Stük nach Proportion ihres Alters und Appetites ab, gabs jedem mit solcher Freundlichkeit, und jedes rufte so ungekünstelt sein: Danke! indem es mit den kleinen Händchen lang in die Höh gereicht hatte, eh es noch abgeschnitten war, und nun mit seinem Abendbrode vergnügt entweder wegsprang, oder nach seinem stillern Charakter gelassen davon nach dem Hofthore zugieng, um die Fremden und die Kutsche zu sehen, darinnen ihre Lotte wegfahren sollte. Ich bitte um Vegebung, sagte sie, daß ich Sie herein bemühe, und die Frauenzimmer warten lasse. Ueber dem Anziehen und allerley Bestellungen für's Haus in meiner Abwesenheit, habe ich vergessen meinen Kindern ihr Vesperstük zu geben, und sie wollen von niemanden Brod geschnitten haben als von mir. Ich machte ihr ein unbedeutendes Compliment, und meine ganze Seele ruhte auf der Gestalt, dem Tone, dem Betragen, und hatte eben Zeit, mich von der Ueberraschung zu erholen, als sie in die Stube lief ihre Handschuh und Fächer zu nehmen. Die Kleinen sahen mich in einiger Entfernung so von der Seite an, und ich gieng auf das jüngste los, das ein Kind von der glüklichsten Gesichtsbildung war. Es zog sich zurük als eben Lotte zur Thüre herauskam, und sagte: Louis, gieb dem Herrn Vetter eine Hand. Das that der Knabe sehr freymüthig, und ich konnte mich nicht enthalten, ihn ohngeachtet seines kleinen Roznäschens herzlich zu küssen. Vetter? sagt' ich, indem ich ihr die Hand reichte, glauben Sie, daß ich des Glüks werth sey, mit Ihnen verwandt zu seyn? O! sagte sie, mit einem leichtfertigen Lächeln unsere Vetterschaft ist sehr weitläuftig, und es wäre mir leid, wenn sie der Schlimmste drunter seyn sollten. Im Gehen gab sie Sophien, der ältsten Schwester nach ihr, einem Mädchen von ohngefähr eilf Jahren, den Auftrag, wohl auf die Kleinen Acht zu haben, und den Papa zu grüssen, wenn er vom Spazierritte zurükkäme. Den Kleinen sagte sie, sie sollten ihrer Schwester Sophie folgen, als wenn sie's selbst wäre, das denn auch einige ausdrüklich versprachen. Eine kleine nasweise Blondine aber, von ohngefähr sechs Jahren, sagte: du bist's doch nicht, Lottchen! wir haben dich doch lieber. Die zwey ältsten der Knaben waren hinten auf die Kutsche geklettert, und auf mein Vorbitten erlaubte sie ihnen, bis vor den Wald mit zu fahren, wenn sie versprächen, sich nicht zu necken, und sich recht fest zu halten.

Wir hatten uns kaum zurecht gesezt, die Frauenzimmer sich bewillkommt, wechselsweis über den Anzug und vorzüglich die Hütchen ihre Anmerkungen gemacht, und die Gesellschaft, die man zu finden erwartete, gehörig durchgezogen; als Lotte den Kutscher halten, und ihre Brüder herabsteigen lies, die noch einmal ihre Hand zu küssen begehrten, das denn der ältste mit aller Zärtlichkeit, die dem Alter von funfzehn Jahren eigen seyn kann, der andere mit viel Heftigkeit und Leichtsinn that. Sie ließ die Kleinen noch einmal grüßen, und wir führen weiter.

Die Baase fragte: ob sie mit dem Buche fertig wäre, das sie ihr neulich geschickt hätte. Nein, sagte Lotte, es gefällt mir nicht, sie könnens wieder haben. Das vorige war auch nicht besser. Ich erstaunte, als ich fragte: was es für Bücher wären und sie mir antwortete: *) – Ich fand so viel Charakter in allem was sie sagte, ich sah mit jedem Wort neue Reize, neue Strahlen des Geistes aus ihren Gesichtszügen hervorbrechen, die sich nach und nach vergnügt zu entfalten schienen, weil sie an mir fühlte, daß ich sie verstund. Wie ich jünger war, sagte sie, liebte ich nichts so sehr als die Romanen. Weis Gott wie wohl mir's war, mich so Sonntags in ein Eckgen zu sezzen, und mit ganzem Herzen an dem Glükke und Unstern einer Miß Jenny Theil zu nehmen. Ich läugne auch nicht, daß die Art noch einige Reize für mich hat. Doch da ich so selten an ein Buch komme,

*) Man sieht sich genöthigt, diese Stelle des Briefs zu unterdrücken, um niemand Gelegenheit zu einiger Beschwerde zu geben. Ob gleich im Grunde jedem Autor wenig an dem Urtheile eines einzelnen Mädgens, und eines jungen unsteten Menschen gelegen seyn kann.

so müssen sie auch recht nach meinem Geschmakke seyn. Und der Autor ist mir der liebste, in dem ich meine Welt wieder finde, bey dem's zugeht wie um mich, und dessen Geschichte mir doch so interessant so herzlich wird, als mein eigen häuslich Leben, das freylich kein Paradies, aber doch im Ganzen eine Quelle unsäglicher Glükseligkeit ist.

Ich bemühte mich, meine Bewegungen über diese Worte zu verbergen. Das gieng freylich nicht weit, denn da ich sie mit solcher Wahrheit im Vorbeygehn vom Landpriester von Wakefield vom *) – reden hörte, kam ich eben ausser mich und sagte ihr alles was ich mußte, und bemerkte erst nach einiger Zeit, da Lotte das Gespräch an die andern wendete, daß diese die Zeit über mit offnen Augen, als säßen sie nicht da, da gesessen hatten. Die Baase sah mich mehr als einmal mit einem spöttischen Näsgen an, daran mir aber nichts gelegen war.

Das Gespräch fiel auf das Vergnügen am Tanze. Wenn diese Leidenschaft ein Fehler ist, sagte Lotte, so gesteh

*) Man hat auch hier die Namen einiger vaterländischen Autoren ausgelassen. Wer Theil an Lottens Beyfall hatte, wird es gewiß an seinem Herzen fühlen, wenn er diese Stelle lesen sollte. Und sonst brauchts ja niemand zu wissen.

ich ihnen gern, ich weis nichts über's Tanzen. Und wenn ich was im Kopfe habe, und mir auf meinem verstimmten Klaviere einen Contretanz vortrommle, so ist alles wieder gut.

Wie ich mich unter dem Gespräche in den schwarzen Augen weidete, wie die lebendigen Lippen und die frischen muntern Wangen meine ganze Seele anzogen, wie ich in den herrlichen Sinn ihrer Rede ganz versunken, oft gar die Worte nicht hörte, mit denen sie sich ausdrukte! Davon hast du eine Vorstellung, weil du mich kennst. Kurz, ich stieg aus dem Wagen wie ein Träumender, als wir vor dem Lusthause still hielten, und war so in Träumen rings in der dämmernden Welt verlohren, daß ich auf die Musik kaum achtete, die uns von dem erleuchteten Saale herunter entgegen schallte.

Die zwey Herren Audran und ein gewisser N.N. wer behält all die Nahmen! die der Baase und Lottens Tänzer waren, empfiengen uns am Schlage, bemächtigten sich ihrer Frauenzimmer und ich führte die meinige hinauf.

Wir schlangen uns in Menuets um einander herum, ich forderte ein Frauenzimmer nach dem andern auf, und just die unleidlichsten konnten nicht dazu kommen, einem die Hand zu reichen, und ein Ende zu machen. Lotte und ihr Tänzer fiengen einen englischen an, und wie wohl mir's war, als sie auch in der Reihe die Figur mit uns anfieng, magst du fühlen. Tanzen muß man sie sehen. Siehst du, sie ist so mit ganzem Herzen und mit ganzer Seele dabey, ihr ganzer Körper, eine Harmonie, so sorglos, so unbefangen, als wenn das eigentlich alles wäre, als wenn sie sonst nichts dächte, nichts empfände, und in dem Augenblikke gewiß schwindet alles andere vor ihr. Ich bat sie um den zweyten Contretanz, sie sagte mir den dritten zu, und mit der liebenswürdigsten Freymüthigkeit von der Welt versicherte sie mich, daß sie herzlich gern deutsch tanzte. Es ist hier so Mode, fuhr sie fort, daß jedes paar, das zusammen gehört, beym Deutschen zusammen bleibt, und mein Chapeau walzt schlecht, und dankt mir's, wenn ich ihm die Arbeit erlasse, ihr Frauenzimmer kann's auch nicht und mag nicht, und ich habe im Englischen gesehn, daß sie gut walzen, wenn sie nun mein seyn wollen fürs Deutsche, so gehn sie und bitten sich's aus von meinem Herrn, ich will zu ihrer Dame gehn. Ich gab ihr die Hand drauf und es wurde schon arrangirt, daß ihrem Tänzer inzwischen die Unterhaltung meiner Tänzerinn aufgetragen ward.

Nun giengs, und wir ergözten uns eine Weile an mannchfaltigen Schlingungen der Arme. Mit welchem Reize, mit welcher Flüchtigkeit bewegte sie sich! Und da wir nun gar an's Walzen kamen, und wie die Sphären um einander herumrollten, giengs freylich anfangs, weil's die wenigsten können, ein bisgen bunt durch einander. Wir waren klug und liessen sie austoben, und wie die ungeschiktesten den Plan geräumt hatten, fielen wir ein, und hielten mit noch einem Paare, mit Audran und seiner Tänzerinn, wakker aus. Nie ist mir's so leicht vom Flekke gegangen. Ich war kein Mensch mehr. Das liebenswürdigste Geschöpf in den Armen zu haben, und mit ihr herum zu fliegen wie Wetter, daß alles rings umher vergieng und – Wilhelm, um ehrlich zu seyn, that ich aber doch den Schwur, daß ein Mädchen, das ich liebte, auf das ich Ansprüche hätte, mir nie mit einem andern walzen sollte, als mit mir, und wenn ich drüber zu Grunde gehen müßte, du verstehst mich.

Wir machten einige Touren gehend im Saale, um zu verschnauffen. Dann sezte sie sich, und die Zitronen, die ich weggestohlen hatte beym Punsch machen, die nun die einzigen noch übrigen waren, und die ich ihr in Schnittchen, mit Zukker zur Erfrischung brachte, thaten fürtrefliche Würkung, nur daß mir mit jedem Schnittgen das ihre Nachbarinn aus der Tasse nahm, ein Stich durch's Herz gieng, der ich's nun freylich Schanden halber mit präsentiren mußte.

Beym dritten Englischen waren wir das zweyte Paar. Wie wir die Reihe so durchtanzten, und ich, weis Gott mit wie viel Wonne, an ihrem Arme und Auge hieng, das voll vom wahrsten Ausdrukke des offensten reinsten Vergnügens war, kommen wir an eine Frau, die mir wegen ihrer liebenswürdigen Mine auf einem nicht mehr ganz jungen Gesichte, merkwürdig gewesen war. Sie sieht Lotten lächelnd an, hebt einen drohenden Finger auf, und nennt den Nahmen Albert zweymal im Vorbeyfliegen mit viel Bedeutung.

Wer ist Albert, sagte ich zu Lotten, wenns nicht Vermessenheit ist zu fragen. Sie war im Begriffe zu antworten, als wir uns scheiden mußten die grosse Achte zu machen, und mich dünkte einiges Nachdenken auf ihrer Stirne zu sehen, als wir so vor einander vorbeykreuzten. Was soll ich's ihnen läugnen, sagte sie, indem sie mir die Hand zur Promenade bot. Albert ist ein braver Mensch, dem ich so gut als verlobt bin! Nun war mir das nichts neues, denn die Mädchen hatten mir's auf dem Wege gesagt, und war mir doch so ganz neu, weil ich das noch nicht im Verhältnisse auf sie, die mir in so wenig Augenblikken so werth geworden war, gedacht hatte. Genug ich verwirrte mich, vergaß mich, und kam zwischen das unrechte Paar hinein, daß alles drunter und drüber gieng, und Lottens ganze Gegenwart und Zerren und Ziehen nöthig war, um's schnell wieder in Ordnung zu bringen.

Der Tanz war noch nicht zu Ende, als die Blizze, die wir schon lange am Horizonte leuchten gesehn, und die ich immer für Wetterkühlen ausgegeben hatte, viel stärker zu werden anfiengen, und der Donner die Musik überstimmte. Drey Frauenzimmer liefen aus der Reihe, denen ihre Herren folgten, die Unordnung ward allgemein, und die Musik hörte auf. Es ist natürlich, wenn uns ein Unglük oder etwas schrökliches im Vergnügen überrascht, daß es stärkere Eindrükke auf uns macht, als sonst, theils wegen dem Gegensazze, der sich so lebhaft empfinden läßt, theils und noch mehr, weil unsere Sinnen einmal der Fühlbarkeit geöffnet sind und also desto schneller einen Eindruk annehmen. Diesen Ursachen muß ich die wunderbaren Grimassen zuschreiben, in die ich mehrere Frauenzimmer ausbrechen sah. Die Klügste sezte sich in eine Ekke, mit dem Rüken gegen das Fenster, und hielt die Ohren zu, eine andere kniete sich vor ihr nieder und verbarg den Kopf in der ersten Schoos, eine dritte schob sich zwischen beyde hinein, und umfaßte ihre Schwesterchen mit tausend Thränen. Einige wollten nach Hause, andere, die noch weniger wußten was sie thaten, hatten nicht so viel Besinnungskraft, den Kekheiten unserer jungen Schlukkers zu steuern, die sehr beschäftigt zu seyn schienen, alle die ängstlichen Gebete, die dem Himmel bestimmt waren, von den Lippen der schönen Bedrängten wegzufangen. Einige unserer Herren hatten sich hinab begeben, um ein Pfeifchen in Ruhe zu rauchen, und die übrige Gesellschaft schlug es nicht aus, als die Wirthinn auf den klugen Einfall kam, uns ein Zimmer anzuweisen, das Läden und Vorhänge hätte. Kaum waren wir da angelangt, als Lotte beschäftigt war, einen Kreis von Stühlen zu stellen, die Gesellschaft zu sezzen, und den Vortrag zu einem Spiele zu thun.

Ich sahe manchen, der in Hoffnung auf ein saftiges Pfand sein Mäulchen spizte, und seine Glieder rekte. Wir spielen Zählens, sagte sie, nun gebt Acht! Ich gehe im Kreise herum von der Rechten zur Linken, und so zählt ihr auch rings herum jeder die Zahl die an ihn kommt, und das muß gehn wie ein Lauffeuer, und wer stokt, oder sich irrt, kriegt eine Ohrfeige, und so bis tausend. Nun war das lustig anzusehen. Sie gieng mit ausgestrecktem Arme im Kreise herum, Eins! fieng der erste an, der Nachbar zwey! drey! der folgende und so fort; dann fieng sie an geschwinder zu gehn, immer geschwinder. Da versahs einer, Patsch eine Ohrfeige, und über das Gelächter der folgende auch Patsch! Und immer geschwinder. Ich selbst kriegte zwey Maulschellen und glaubte mit innigem Vergnügen zu bemerken, daß sie stärker seyen, als sie sie den übrigen zuzumessen pflegte. Ein allgemeines Gelächter und Geschwärme machte dem Spiele ein Ende, ehe noch das Tausend ausgezählt war. Die Vertrautesten zogen einander beyseite, das Gewitter war vorüber, und ich folgte Lotten in den Saal. Unterwegs sagte sie: über die Ohrfeigen haben sie Wetter und alles vergessen! Ich konnte ihr nichts antworten. Ich war, fuhr sie fort, eine der Furchtsamsten, und indem ich mich herzhaft stellte, um den andern Muth zu geben, bin ich muthig geworden. Wir traten an's Fenster, es donnerte abseitwärts und der herrliche Regen säuselte auf das Land, und der erquickendste Wohlgeruch stieg in aller Fülle einer warmen Luft zu uns auf. Sie stand auf ihrem Ellenbogen gestüzt und ihr Blik durchdrang die Gegend, sie sah gen Himmel und auf mich, ich sah ihr Auge thränenvoll, sie legte ihre Hand auf die meinige und sagte – Klopstock! Ich versank in dem Strome von Empfindungen, den sie in dieser Loosung über mich ausgoß. Ich ertrugs nicht, neigte mich auf ihre Hand und küßte sie unter den wonnevollesten Thränen. Und sah nach ihrem Auge wieder – Edler! hättest du deine Vergötterung in diesem Blikke gesehn, und möcht ich nun deinen so oft entweihten Nahmen nie wieder nennen hören!

am 19. Juny.

Wo ich neulich mit meiner Erzählung geblieben bin, weis ich nicht mehr, das weis ich, daß es zwey Uhr des

Nachts war, als ich zu Bette kam, und daß, wenn ich dir hätte vorschwäzzen können, statt zu schreiben, ich dich vielleicht bis an Tag aufgehalten hätte.

Was auf unserer Hereinfahrt vom Balle passirt ist, hab ich noch nicht erzählt, hab auch heute keinen Tag dazu.

Es war der liebwürdigste Sonnenaufgang. Der tröpfelnde Wald und das erfrischte Feld umher! Unsere Gesellschafterinnen nikten ein. Sie fragte mich, ob ich nicht auch von der Parthie seyn wollte, ihrentwegen sollt ich unbekümmert seyn. So lang ich diese Augen offen sehe, sagt' ich, und sah sie fest an, so lang hats keine Gefahr. Und wir haben beyde ausgehalten, bis an ihr Thor, da ihr die Magd leise aufmachte, und auf ihr Fragen vom Vater und den Kleinen versicherte, daß alles wohl sey und noch schlief. Und da verließ ich sie mit dem Versichern: sie selbigen Tags noch zu sehn, und hab mein Versprechen gehalten, und seit der Zeit können Sonne, Mond und Sterne geruhig ihre Wirthschaft treiben, ich weis weder daß Tag noch daß Nacht ist, und die ganze Welt verliert sich um mich her.

am 21. Juny.

Ich lebe so glükliche Tage, wie sie Gott seinen Heiligen ausspart, und mit mir mag werden was will; so darf ich nicht sagen, daß ich die Freuden, die reinsten Freuden des Lebens nicht genossen habe. Du kennst mein Wahlheim. Dort bin ich völlig etablirt. Von dort hab ich nur eine halbe Stunde zu Lotten, dort fühl ich mich selbst und alles Glük, das dem Menschen gegeben ist.

Hätte ich gedacht, als ich mir Wahlheim zum Zwekke meiner Spaziergänge wählte, daß es so nahe am Himmel läge! Wie oft habe ich das Jagdhaus, das nun alle meine Wünsche einschließt, auf meinen weiten Wandrungen bald vom Berge, bald in der Ebne über den Fluß gesehn.

Lieber Wilhelm, ich habe allerley nachgedacht, über die Begier im Menschen sich auszubreiten, neue Entdeckungen zu machen, herumzuschweifen; und dann wieder über den innern Trieb, sich der Einschränkung willig zu ergeben, und in dem Gleise der Gewohnheit so hinzufahren, und sich weder um rechts noch links zu bekümmern.

Es ist wunderbar, wie ich hierher kam und vom Hügel in das schöne Thal schaute, wie es mich rings umher anzog. Dort das Wäldchen! Ach könntest du dich in seine Schatten mischen! Dort die Spizze des Bergs! Ach könntest du von da die weite Gegend überschauen! Die in einander gekettete Hügel und vertrauliche Thäler. O könnte ich mich in ihnen verliehren! – Ich eilte hin! und kehrte zurük, und hatte nicht gefunden was ich hoffte.

O es ist mit der Ferne wie mit der Zukunft! Ein grosses dämmerndes Ganze ruht vor unserer Seele, unsere Empfindung verschwimmt sich darinne, wie unser Auge, und wir sehnen uns, ach! unser ganzes Wesen hinzugeben, uns mit all der Wonne eines einzigen grossen herrlichen Gefühls ausfüllen zu lassen. – Und ach, wenn wir hinzueilen, wenn das Dort nun Hier wird, ist alles vor wie nach, und wir stehen in unserer Armuth, in unserer Eingeschränktheit, und unsere Seele lechzt nach entschlüpftem Labsale.

Und so sehnt sich der unruhigste Vagabund zulezt wieder nach seinem Vaterlande, und findet in seiner Hütte, an der Brust seiner Gattin, in dem Kreise seiner Kinder und der Geschäfte zu ihrer Erhaltung, all die Wonne, die er in der weiten öden Welt vergebens suchte.

Wenn ich so des Morgens mit Sonnenaufgange hinausgehe nach meinem Wahlheim, und dort im Wirthsgarten mir meine Zukkererbsen selbst pflükke, mich hinsezze, und sie abfädme und dazwischen lese in meinem Homer. Wenn ich denn in der kleinen Küche mir einen Topf wähle, mir Butter aussteche, meine Schoten an's Feuer stelle, zudekke und mich dazu sezze, sie manchmal umzuschütteln. Da fühl ich so lebhaft, wie die herrlichen übermüthigen Freyer der Penelope Ochsen und Schweine schlachten, zerlegen und braten. Es ist nichts, das mich so mit einer stillen, wahren Empfindung ausfüllte, als die Züge patriarchalischen Lebens, die ich, Gott sey Dank, ohne Affektation in meine Lebensart verweben kann.

Wie wohl ist mir's, daß mein Herz die simple harmlose Wonne des Menschen fühlen kann, der ein Krauthaupt auf seinen Tisch bringt, das er selbst gezogen, und nun nicht den Kohl allein, sondern all die guten Tage, den schönen Morgen, da er ihn pflanzte, die lieblichen Abende, da er ihn begoß, und da er an dem fortschreitenden Wachsthume seine Freude hatte, alle in einem Augenblikke wieder mit geniest.

am 29. Juny.

Vorgestern kam der Medikus hier aus der Stadt hinaus zum Amtmanne und fand mich auf der Erde unter Lottens Kindern, wie einige auf mir herumkrabelten, andere mich nekten und wie ich sie küzzelte, und ein grosses Geschrey mit ihnen verführte. Der Doktor, der eine sehr dogmatische Dratpuppe ist, und im Diskurs seine Manschetten in Falten legt, und den Kräusel bis zum Nabel herauszupft, fand dieses unter der Würde eines gescheuten Menschen, das merkte ich an seiner Nase. Ich lies mich aber in nichts stören, lies ihn sehr vernünftige Sachen abhandeln, und baute den Kindern ihre Kartenhäuser wieder, die sie zerschlagen hatten. Auch gieng er darauf in der Stadt herum und beklagte: des Amtmanns Kinder wären schon ungezogen genug, der Werther verdürbe sie nun völlig.

Ja, lieber Wilhelm, meinem Herzen sind die Kinder am nächsten auf der Erde. Wenn ich so zusehe und in dem kleinen Dinge die Keime aller Tugenden, aller Kräfte sehe, die sie einmal so nöthig brauchen werden, wenn ich in dem Eigensinne, alle die künftige Standhaftigkeit und Festigkeit des Charakters, in dem Muthwillen, allen künftigen guten Humor und die Leichtigkeit, über alle die Gefahren der Welt hinzuschlüpfen, erblikke, alles so unverdorben, so ganz! Immer, immer wiederhol ich die goldnen Worte des Lehrers der Menschen: wenn ihr nicht werdet wie eines von diesen! Und nun, mein Bester, sie, die unsers gleichen sind, die wir als unsere Muster ansehen sollten; behandeln wir als Unterthanen. Sie sollen keinen Willen haben! – Haben wir denn keinen? und wo liegt das Vorrecht? – Weil wir älter sind und gescheuter? – Guter Gott von deinem Himmel, alte Kinder siehst du, und junge Kinder und nichts weiter, und an welchen du mehr Freude hast, das hat dein Sohn schon lange verkündigt. Aber sie glauben an ihn und hören ihn nicht, das ist auch was alt's, und bilden ihre Kinder nach sich und – Adieu, Wilhelm, ich mag darüber nicht weiter radotiren.

am 1. Juli.

Was Lotte einem Kranken seyn muß, fühl ich an meinem eignen armen Herzen, das übler dran ist als manches, das auf dem Siechbette verschmachtet. Sie wird einige Tage in der Stadt bey einer rechtschaffenen Frau zubringen, die sich nach der Aussage der Aerzte ihrem Ende naht, und in diesen lezten Augenblikken will sie Lotten um sich haben. Ich war vorige Woche mit ihr den Pfarrer von St... zu besuchen, ein Oertgen, das eine Stunde seitwärts im Gebürge liegt. Wir kamen gegen viere dahin. Lotte hatte ihre zweyte Schwester mitgenommen. Als wir in den, von zwey hohen Nußbäumen überschatteten, Pfarrhof traten, saß der gute alte Mann auf einer Bank vor der Hausthüre, und da er Lotten sah, ward er wie neubelebt, vergaß seinen Knotenstok, und wagte sich auf ihr entgegen. Sie lief hin zu ihm, nöthigte ihn sich niederzusezzen, indem sie sich zu ihm sezte, brachte viel Grüsse von ihrem Vater, herzte seinen garstigen schmuzigen jüngsten Buben, das Quakelgen seines Alters. Du hättest sie sehen sollen, wie sie den Alten beschäftigte, wie sie ihre Stimme erhub um seinen halb tauben Ohren vernehmlich zu werden, wie sie ihm erzählte von jungen robusten Leuten, die unvermuthet gestorben wären, von der Vortreflichkeit des Carlsbades, und wie sie seinen Entschluß lobte, künftigen Sommer hinzugehen, und wie sie fand, daß er viel besser aussähe, viel munterer sey als das leztemal, da sie ihn gesehn. Ich hatte indeß der Frau Pfarrern meine Höflichkeiten gemacht, der Alte wurde ganz munter, und da ich nicht umhin konnte, die schönen Nußbäume zu loben, die uns so lieblich beschatteten, fieng er an, uns, wiewohl mit einiger Beschwerlichkeit, die Geschichte davon zu geben. Den alten sagte er, wissen wir nicht, wer den gepflanzt hat, einige sagen dieser, andere jener Pfarrer. Der jüngere aber dorthinten ist so alt als meine Frau, im Oktober funfzig Jahre. Ihr Vater pflanzte ihn des Morgens, als sie gegen Abend gebohren wurde. Er war mein Vorfahr im Amte, und wie lieb ihm der Baum war, ist nicht zu sagen, mir ist er's gewiß nicht weniger, meine Frau sas drunter auf einem Balken und strikte, als ich vor sieben und zwanzig Jahren als ein armer Student zum erstenmal hier in Hof kam. Lotte fragte nach seiner Tochter, es hieß, sie sey mit Herrn Schmidt auf der Wiese hinaus zu den Arbeitern, und der Alte fuhr in seiner Erzählung fort, wie sein Vorfahr ihn lieb gewonnen und die Tochter dazu, und wie er erst sein Vikar und dann sein Nachfolger geworden. Die Geschichte war nicht lange zu Ende, als die Jungfer Pfarrern mit dem sogenannten Herrn Schmidt durch den Garten herkam, sie bewillkommte Lotten mit herzlicher Wärme, und ich muß sagen, sie gefiel mir nicht übel, eine rasche, wohlgewachsne Brünette, die einen die Kurzeit über auf dem Lande wohl unterhalten hätte. Ihr Liebhaber, denn als solchen stellte sich Herr Schmidt gleich dar, ein feiner, doch stiller Mensch, der sich nicht in unsere Gespräche mischen wollte, ob ihn gleich Lotte immer herein zog, und was mich am meisten betrübte, war, daß ich an seinen Gesichtszügen zu bemerken schien, es sey mehr Eigensinn und übler Humor als Eingeschränktheit des Verstandes, der ihn sich mitzutheilen hinderte. In der Folge ward dieß nur leider zu deutlich, denn als Friedrike beym Spazierengehn mit Lotten und verschiedentlich auch mit mir gieng, wurde des Herrn Angesicht, das ohne das einer bräunlichen Farbe war, so sichtlich verdunkelt, daß es Zeit war, daß Lotte mich beym Ermel zupfte, und mir das Artigthun mit Friederiken abrieth. Nun verdrießt mich nichts mehr als wenn die Menschen einander plagen, am meisten, wenn Junge Leute in der Blüthe des Lebens, da sie am offensten für alle Freuden seyn könnten, einander die paar gute Tage mit Frazzen verderben, und nur erst zu spät das unersezliche ihrer Verschwendung einsehen.

Mir wurmte das, und ich konnte nicht umhin, da wir gegen Abend in den Pfarrhof zurükkehrten, und an einem Tische gebroktes Brod in Milch assen, und der Diskurs auf Freude und Leid in der Welt roulirte, den Faden zu ergreifen, und recht herzlich gegen die üble Laune zu reden. Wir Menschen beklagen uns oft, fing ich an, daß der guten Tage so wenig sind, und der schlimmen so viel, und wie mich dünkt, meist mit Unrecht. Wenn wir immer ein offenes Herz hätten das Gute zu geniessen, das uns Gott für jeden Tag bereitet, wir würden alsdenn auch Kraft genug haben, das Uebel zu tragen, wenn es kommt. – Wir haben aber unser Gemüth nicht in unserer Gewalt, versezte die Pfarrern, wie viel hängt vom Körper ab! wenn man nicht wohl ist, ist's einem überall nicht recht. – Ich gestund ihr das ein. Wir wollens also, fuhr ich fort, als eine Krankheit ansehen, und fragen ob dafür kein Mittel ist! – Das läßt sich hören, sagte Lotte, ich glaube wenigstens, daß viel von uns abhängt, ich weis es an mir, wenn mich etwas nekt, und mich verdrüßlich machen will, spring ich auf und sing ein paar Contretänze den Garten auf und ab, gleich ist's weg. – Das war's was ich sagen wollte, versezte ich, es ist mit der üblen Laune völlig wie mit der Trägheit, denn es ist eine Art von Trägheit, unsere Natur hängt sehr dahin, und doch, wenn wir nur einmal die

Kraft haben uns zu ermannen, geht uns die Arbeit frisch von der Hand, und wir finden in der Thätigkeit ein wahres Vergnügen. Friederike war sehr aufmerksam, und der junge Mensch wandte mir ein, daß man nicht Herr über sich selbst sey, und am wenigsten über seine Empfindungen gebieten könne. Es ist hier die Frage von einer unangenehmen Empfindung, versezt ich, die doch jedermann gern los ist, und niemand weis wie weit seine Kräfte gehn, bis er sie versucht hat. Gewiß, einer der krank ist, wird bey allen Aerzten herum fragen und die größten Resignationen, die bittersten Arzneyen, wird er nicht abweisen um seine gewünschte Gesundheit zu erhalten. Ich bemerkte, daß der ehrliche Alte sein Gehör anstrengte um an unserm Diskurs Theil zu nehmen, ich erhub die Stimme, indem ich die Rede gegen ihn wandte. Man predigt gegen so viele Laster, sagt ich, ich habe noch nie gehört daß man gegen die üble Laune vom Predigtstuhle gearbeitet hätte *) – Das müßten die Stadtpfarrer thun, sagt er, die Bauern haben keinen bösen Humor, doch könnts auch nichts schaden zuweilen, es wäre eine Lektion für seine Frau wenigstens, und den Herrn Amtmann. Die Gesellschaft lachte und

*) Wir haben nun von Lavatern eine trefliche Predigt hierüber unter denen über das Buch Jonas.

er herzlich mit, bis er in einen Husten verfiel, der unsern Diskurs eine Zeitlang unterbrach, darauf denn der junge Mensch wieder das Wort nahm: Sie nannten den bösen Humor ein Laster, mich däucht, das ist übertrieben. – Mit nichten gab ich zur Antwort, wenn das, womit man sich selbst und seinen Nächsten schadet, den Namen verdient. Ist es nicht genug, daß wir einander nicht glüklich machen können, müssen wir auch noch einander das Vergnügen rauben, das jedes Herz sich noch manchmal selbst gewähren kann. Und nennen sie mir den Menschen, der übler Laune ist und so brav dabey sie zu verbergen, sie allein zu tragen, ohne die Freuden um sich her zu zerstören; oder ist sie nicht vielmehr ein innerer Unmuth über unsre eigne Unwürdigkeit, ein Misfallen an uns selbst, das immer mit einem Neide verknüpft ist, der durch eine thörige Eitelkeit aufgehezt wird: wir sehen glükliche Menschen die wir nicht glüklich machen, und das ist unerträglich! Lotte lächelte mich an, da sie die Bewegung sah mit der ich redte, und eine Thräne in Friederikens Auge spornte mich, fortzufahren. Weh denen sagt ich, die sich der Gewalt bedienen, die sie über ein Herz haben, um ihm die einfachen Freuden zu rauben, die aus ihm selbst hervorkeimen. Alle Geschenke, alle Gefälligkeiten der

Welt ersezzen nicht einen Augenblik Vergnügen an sich selbst, den uns eine neidische Unbehaglichkeit unsers Tyrannen vergällt hat.

Mein ganzes Herz war voll in diesem Augenblikke, die Erinnerung so manches Vergangenen drängte sich an meine Seele, und die Thränen kamen mir in die Augen.

Wer sich das nur täglich sagte, rief ich aus: du vermagst nichts auf deine Freunde, als ihnen ihre Freude zu lassen und ihr Glük zu vermehren, indem du es mit ihnen geniessest. Vermagst du, wenn ihre innre Seele von einer ängstigenden Leidenschaft gequält, vom Kummer zerrüttet ist, ihnen einen Tropfen Linderung zu geben?

Und wenn die lezte bangste Krankheit dann über das Geschöpf herfällt, das du in blühenden Tagen untergraben hast, und sie nun da liegt in dem erbärmlichen Ermatten, und das Aug gefühllos gen Himmel sieht, und der Todesschweis auf ihrer Stirne abwechselt, und du vor dem Bette stehst wie ein Verdammter, in dem innigsten Gefühl, daß du nichts vermagst mit all deinem Vermögen, und die Angst dich inwendig krampft, daß du alles hingeben möchtest, um dem untergehenden Geschöpf einen Tropfen Stärkung, einen Funken Muth einflösen zu können.

Die Erinnerung einer solchen Scene, da ich gegenwärtig war, fiel mit ganzer Gewalt bey diesen Worten über mich. Ich nahm das Schnupftuch vor die Augen, und verlies die Gesellschaft, und nur Lottens Stimme, die mir rief: wir wollten fort, brachte mich zu mir selbst. Und wie sie mich auf dem Wege schalt, über den zu warmen Antheil an allem! und daß ich drüber zu Grunde gehen würde! Daß ich mich schonen sollte! O der Engel! Um deinetwillen muß ich leben!

am 6. Juli.

Sie ist immer um ihre sterbende Freundinn, und ist immer dieselbe, immer das gegenwärtige holde Geschöpf, das, wo sie hinsieht, Schmerzen lindert und Glückliche macht. Sie gieng gestern Abend mit Mariannen und dem kleinen Malgen spazieren, ich wußt es und traf sie an, und wir giengen zusammen. Nach einem Wege von anderthalb Stunden kamen wir gegen die Stadt zurück, an den Brunnen, der mir so werth ist, und nun tausendmal werther ward, als Lotte sich aufs Mäuergen sezte. Ich sah umher, ach! und die Zeit, da mein Herz so allein war, lebte wieder vor mir auf. Lieber Brunn, sagt ich, seither hab ich nicht mehr an deiner Kühle geruht, habe in eilendem Vorübergehn dich manchmal nicht angesehn. Ich blikte hinab und sah, daß Malgen mit einem Glase Wasser sehr beschäftigt heraufstieg. Ich sahe Lotten an und fühlte alles, was ich an ihr habe. Indem so kommt Malgen mit einem Glase, Marianne wollt es ihr abnehmen, nein! rufte das Kind mit dem süßten Ausdrukke: nein, Lottgen, du sollst zuerst trinken! Ich ward über die Wahrheit, die Güte, womit sie das ausrief, so entzükt, daß ich meine Empfindung mit nichts ausdrukken konnte, als ich nahm das Kind von der Erde und küßte es lebhaft, das sogleich zu schreien und zu weinen anfieng. Sie haben übel gethan, sagte Lotte! Ich war betroffen. Komm Malgen, fuhr sie fort, indem sie es an der Hand nahm und die Stufen hinabführte; da wasche dich aus der frischen Quelle geschwind, geschwind, da thut's nichts. Wie ich so da stund und zusah, mit welcher Emsigkeit das Kleine mit seinen nassen Händgen die Bakken rieb, mit welchem Glauben, daß durch die Wunderquelle alle Verunreinigung abgespült, und die Schmach abgethan würde, einen häslichen Bart zu kriegen. Wie Lotte sagte, es ist genug, und das Kind doch immer eifrig fort wusch, als wenn Viel mehr thäte als Wenig. Ich sage dir, Wilhelm, ich habe mit mehr Respekt nie einer Taufhandlung beygewohnt, und als Lotte herauf kam, hätte ich mich gern vor ihr niedergeworfen wie vor einem Propheten, der die Schulden einer Nation weggeweiht hat.

Des Abends konnt ich nicht umhin, in der Freude meines Herzens den Vorfall einem Manne zu erzählen, dem ich Menschensinn zutraute, weil er Verstand hat. Aber wie kam ich an. Er sagte, das wäre sehr übel von Lotten gewesen, man solle die Kinder nichts weis machen, dergleichen gäbe zu unzählichen Irrthümern und Aberglauben Anlaß, man müßte die Kinder frühzeitig davor bewahren. Nun fiel mir ein, daß der Mann vor acht Tagen hatte taufen lassen, drum ließ ich's vorbey gehn, und blieb in meinem Herzen der Wahrheit getreu: wir sollen es mit den Kindern machen, wie Gott mit uns, der uns am glüklichsten macht, wenn er uns im freundlichen Wahne so hintaumeln läßt.

am 8. Juli.

Was man ein Kind ist! Was man nach so einem Blikke geizt! Was man ein Kind ist! Wir waren nach Wahlheim gegangen, die Frauenzimmer führen hinaus, und während unsrer Spaziergänge glaubt ich in Lottens schwarzen Augen – Ich bin ein Thor, verzeih mir's, du solltest sie sehn, diese Augen. Daß ich kurz bin, denn die Augen fallen mir zu vom Schlaf. Siehe die Frauenzimmer steigen ein, da stunden um die Kutsche der junge W... Selstadt und Audran, und ich. Da ward aus dem Schlage geplaudert mit den Kerlgens, die freylich leicht und lüftig genug waren. Ich suchte Lottens Augen! Ach sie giengen von einem zum andern! Aber auf mich! Mich! Mich! der ganz allein auf sie resignirt dastund, fielen sie nicht! Mein Herz sagte ihr tausend Adieu! Und sie sah mich nicht! Die Kutsche fuhr vorbey und eine Thräne stund mir im Auge. Ich sah ihr nach! Und sah Lottens Kopfputz sich zum Schlag heraus lehnen, und sie wandte sich um zu sehn. Ach! Nach mir? – Lieber! In dieser Ungewißheit schweb ich! Das ist mein Trost. Vielleicht hat sie sich nach mir umgesehen. Vielleicht – Gute Nacht! O was ich ein Kind bin!

am 10. Juli.

Die alberne Figur, die ich mache, wenn in Gesellschaft von ihr gesprochen wird, solltest du sehen. Wenn man mich nun gar fragt, wie sie mir gefällt – Gefällt! das Wort haß ich in Tod. Was muß das für ein Kerl seyn, dem Lotte gefällt, dem sie nicht alle Sinnen, alle Empfindungen ausfüllt. Gefällt! Neulich fragte mich einer, wie mir Ossian gefiele.

am 11. Juli.

Frau M.. ist sehr schlecht, ich bete für ihr Leben, weil ich mit Lotten dulde. Ich seh sie selten bey einer Freundinn, und heut hat sie mir einen wunderbaren

Vorfall erzählt. Der alte M.. ist ein geiziger rangiger Hund, der seine Frau im Leben was rechts geplagt und eingeschränkt hat. Doch hat sich die Frau immer durchzuhelfen gewußt. Vor wenig Tagen, als der Doktor ihr das Leben abgesprochen hatte, ließ sie ihren Mann kommen, Lotte war im Zimmer, und redte ihn also an: Ich muß dir eine Sache gestehn, die nach meinem Tode Verwirrung und Verdruß machen könnte. Ich habe bisher die Haushaltung geführt, so ordentlich und sparsam als möglich, allein du wirst mir verzeihen, daß ich dich diese dreyßig Jahre her hintergangen habe. Du bestimmtest im Anfange unserer Heyrath ein geringes für die Bestreitung der Küche und anderer häuslichen Ausgaben. Als unsere Haushaltung stärker wurde, unser Gewerb grösser, warst du nicht zu bewegen, mein Wochengeld nach dem Verhältnisse zu vermehren, kurz du weißt, daß du in den Zeiten, da sie am grösten war, verlangtest, ich solle mit sieben Gulden die Woche auskommen. Die hab ich denn ohne Widerrede genommen und mir den Ueberschuß wöchentlich aus der Loosung geholt, da niemand vermuthete, daß die Frau die Casse bestehlen würde. Ich habe nichts verschwendet, und wäre auch, ohne es zu bekennen, getrost der Ewigkeit entgegen gegangen, wenn nicht diejenige, die nach mir das Wesen zu führen hat, sich nicht zu helfen wissen würde, und du doch immer drauf bestehen könntest, deine erste Frau sey damit ausgekommen.

Ich redete mit Lotten über die unglaubliche Verblendung des Menschensinns, daß einer nicht argwohnen soll, dahinter müsse was anders stekken, wenn eins mit sieben Gulden hinreicht, wo man den Aufwand vielleicht um zweymal so viel sieht. Aber ich hab selbst Leute gekannt, die des Propheten ewiges Oelkrüglein ohne Verwunderung in ihrem Hause statuirt hätten.

am 13. Juli.

Nein, ich betrüge mich nicht! Ich lese in ihren schwarzen Augen wahre Theilnehmung an mir, und meinem Schicksaale. Ja ich fühle, und darin darf ich meinem Herzen trauen, daß sie – O darf ich, kann ich den Himmel in diesen Worten aussprechen? – daß sie mich liebt

Und ob das Vermessenheit ist oder Gefühl des wahren Verhältnisses: Ich kenne den Menschen nicht, von dem ich etwas in Lottens Herzen fürchtete. Und doch – wenn sie von ihrem Bräutigam spricht mit all der Wärme, all der Liebe, da ist mir's wie einem, der all seiner Ehren und Würden entsezt, und dem der Degen abgenommen wird.

am 16. Juli.

Ach wie mir das durch alle Adern läuft, wenn mein Finger unversehns den ihrigen berührt, wenn unsere Füsse sich unter dem Tische begegnen. Ich ziehe zurück wie vom Feuer, und eine geheime Kraft zieht mich wieder vorwärts, mir wirds so schwindlich vor allen Sinnen. O und ihre Unschuld, ihre unbefangene Seele fühlt nicht, wie sehr mich die kleinen Vertraulichkeiten peinigen. Wenn sie gar im Gespräch ihre Hand auf die meinige legt, und im Interesse der Unterredung näher zu mir rückt, daß der himmlische Athem ihres Mundes meine Lippen reichen kann. – Ich glaube zu versinken wie vom Wetter gerührt. Und Wilhelm, wenn ich mich jemals unterstehe, diesen Himmel, dieses Vertrauen – Du verstehst mich. Nein, mein Herz ist so verderbt nicht! Schwach! schwach genug! Und ist das nicht Verderben?

Sie ist mir heilig. Alle Begier schweigt in ihrer Gegenwart. Ich weis nimmer wie mir ist, wenn ich bey ihr bin, es ist als wenn die Seele sich mir in allen Nerven umkehrte. Sie hat eine Melodie, die sie auf dem Clavier spielt mit der Kraft eines Engels, so simpel und so geistvoll, es ist ihr Leiblied, und mich stellt es von aller Pein, Verwirrung und Grillen her, wenn sie nur die erste Note davon greift.

Kein Wort von der Zauberkraft der alten Musik ist mir unwahrscheinlich, wie mich der einfache Gesang angreift. Und wie sie ihn anzubringen weis, oft zur Zeit, wo ich mir eine Kugel vor'n Kopf schiessen möchte. Und all die Irrung und Finsterniß meiner Seele zerstreut sich, und ich athme wieder freyer.

am 18. Juli.

Wilhelm, was ist unserm Herzen die Welt ohne Liebe! Was eine Zauberlaterne ist, ohne Licht! Kaum bringst Du das Lämpgen hinein, so scheinen Dir die buntesten Bilder an deine weiße Wand! Und wenn's nichts wäre als das, als vorübergehende Phantomen, so machts doch immer unser Glük, wenn wir wie frische Bubens davor stehen und uns über die Wundererscheinungen entzükken. Heut konnt ich nicht zu Lotten, eine unvermeidliche Gesellschaft hielt mich ab. Was war zu thun. Ich schikte meinen Buben hinaus, nur um einen Menschen um mich zu haben, der ihr heute nahe gekommen wäre. Mit welcher Ungedult ich den Buben erwartete, mit welcher Freude ich ihn wieder sah. Ich hätt' ihn gern bey'm Kopf genommen und geküßt, wenn ich mich nicht geschämt hätte.

Man erzählt von dem Bononischen Stein, daß er, wenn man ihn in die Sonne legt, ihre Strahlen anzieht und eine Weile bey Nacht leuchtet. So war mir's mit dem Jungen. Das Gefühl, daß ihre Augen auf seinem Gesicht', seinen Bakken, seinen Rokknöpfen und dem Kragen am Sürtout geruht hatten, machte mir das all so heilig, so werth, ich hätte in dem Augenblikke den Jungen nicht vor tausend Thaler gegeben. Es war mir so wohl in seiner Gegenwart – Bewahre dich Gott, daß du darüber nicht lachst. Wilhelm, sind das Phantomen, wenn es uns wohl wird?

den 19. Juli.

Ich werde sie sehen: ruf ich Morgens aus, wenn ich mich ermuntere, und mit aller Heiterkeit der schönen Sonne entgegen blikke. Ich werde sie sehen! Und da hab ich für den ganzen Tag keinen Wunsch weiter. Alles, alles verschlingt sich in dieser Aussicht.

den 20. Juli.

Eure Idee will noch nicht die meinige werden, daß ich mit dem Gesandten nach *** gehen soll. Ich liebe die Subordination nicht sehr, und wir wissen alle, daß der Mann noch dazu ein widriger Mensch ist. Meine Mutter möchte mich gern in Aktivität haben, sagst du, das hat mich zu lachen gemacht, bin ich jezt nicht auch aktiv? und ist's im Grund nicht einerley: ob ich Erbsen zähle oder Linsen? Alles in der Welt läuft doch auf eine Lumperey hinaus, und ein Kerl, der um anderer willen, ohne daß es seine eigene Leidenschaft ist, sich um Geld, oder Ehre, oder sonst was, abarbeitet, ist immer ein Thor.

am 24. Juli.

Da Dir so viel daran gelegen ist, daß ich mein Zeichnen nicht vernachlässige, möcht ich lieber die ganze Sache übergehn, als Dir sagen: daß zeither wenig gethan wird.

Noch nie war ich glüklicher, noch nie meine Empfindung an der Natur, bis auf's Steingen, auf's Gräsgen herunter, voller und inniger, und doch – ich weis nicht, wie ich mich ausdrükken soll, meine vorstellende Kraft ist so schwach, alles schwimmt, schwankt vor meiner Seele, daß ich keinen Umriß pakken kann; aber ich bilde mir ein, wenn ich Thon hätte oder Wachs, so wollt ich's wohl herausbilden, ich werde auch Thon nehmen wenn's länger währt, und kneten, und sollten's Kuchen werden.

Lottens Porträt habe ich dreymal angefangen, und habe mich dreymal prostituirt, das mich um so mehr verdriest, weil ich vor einiger Zeit sehr glüklich im Treffen war, darauf hab ich denn ihren Schattenriß gemacht, und damit soll mir genügen.

am 26. Juli.

Ich habe mir schon so manchmal vorgenommen, sie nicht so oft zu sehn. Ja wer das halten könnte! Alle Tage unterlieg ich der Versuchung, und verspreche mir heilig: Morgen willst du einmal wegbleiben, und wenn der Morgen kommt, find ich doch wieder eine unwiderstehliche Ursache, und eh ich mich's versehe, bin ich bey ihr. Entweder sie hat des Abends gesagt: Sie kommen doch Morgen? – Wer könnte da wegbleiben? Oder der Tag ist gar zu schön, ich gehe nach Wahlheim, und wenn ich so da bin – ist's nur noch eine halbe Stunde zu ihr! Ich bin zu nah in der Atmosphäre, Zuk! so bin ich dort. Meine Großmutter hatte ein Mährgen vom Magnetenberg. Die Schiffe die zu nahe kamen, wurden auf einmal alles Eisenwerks beraubt, die Nägel flogen dem Berge zu, und die armen Elenden scheiterten zwischen den übereinander stürzenden Brettern.

am 30. Juli.

Albert ist angekommen, und ich werde gehen, und wenn er der beste, der edelste Mensch wäre, unter den ich mich in allem Betracht zu stellen bereit wäre, so wär's unerträglich, ihn vor meinem Angesichte im Besizze so vieler Vollkommenheiten zu sehen. Besiz! – Genug, Wilhelm der Bräutigam ist da. Ein braver lieber Kerl, dem man gut seyn muß. Glüklicher weise war ich nicht bey'm Empfange! Das hätte mir das Herz zerrissen. Auch ist er so ehrlich und hat Lotten in meiner Gegenwart noch nicht einmal geküßt. Das lohn ihm Gott! Um des Respekts willen, den er vor dem Mädgen hat, muß ich ihn lieben. Er will mir wohl, und ich vermuthe, das ist Lottens Werk, mehr als seiner eigenen Empfindung, denn darinn sind die Weiber fein, und haben recht. Wenn sie zwey Kerls in gutem Vernehmen mit einander halten können, ist der Vortheil immer ihre, so selten es auch angeht.

Indeß kann ich Alberten meine Achtung nicht versagen, seine gelassne Aussenseite, sticht gegen die Unruhe meines Charakters sehr lebhaft ab, die sich nicht verbergen läßt, er hat viel Gefühl und weis, was er an Lotten hat. Er scheint wenig üble Laune zu haben, und du weist, das ist die Sünde, die ich ärger hasse am Menschen als alle andre.

Er hält mich für einen Menschen von Sinn, und meine Anhänglichkeit an Lotten, meine warme Freude, die ich an all ihren Handlungen habe vermehrt seinen Triumph, und er liebt sie nur desto mehr. Ob er sie nicht manchmal heimlich mit kleiner Eifersüchteley peinigt, das laß ich dahin gestellt seyn, wenigstens an seinem Plazze würde ich nicht ganz sicher vor dem Teufel bleiben.

Dem sey nun wie ihm wolle, meine Freude bey Lotten zu seyn, ist hin! Soll ich das Thorheit nennen oder Verblendung? – Was braucht's Nahmen! Erzählt die Sache an sich! – Ich wuste alles, was ich jezt weis, eh Albert kam, ich wuste, daß ich keine Prätensionen auf sie zu machen hatte, machte auch keine – Heist das, insofern es möglich ist, bey so viel Liebenswürdigkeiten nicht zu begehren – Und jezt macht der Frazze grosse Augen, da der andere nun wirklich kommt, und ihm das Mädgen wegnimmt.

Ich beisse die Zähne aufeinander und spotte über mein Elend, und spottete derer doppelt und dreyfach, die sagen könnten, ich sollte mich resigniren, und weil's nun einmal nicht anders seyn könnte. – Schafft mir die Kerls vom Hals! – Ich laufe in den Wäldern herum, und wenn ich zu Lotten komme, und Albert so bey ihr sizt im Gältgen unter der Laube, und ich nicht weiter kann, so bin ich ausgelassen närrisch, und fange viel Possen, viel verwirrtes Zeug an. Um Gottes willen, sagte mir Lotte heute, ich bitte Sie! keine Scene wie die von gestern Abend! sie sind fürchterlich, wenn sie so lustig sind. Unter uns, ich passe die Zeit ab, wenn er zu thun hat, wutsch! bin ich draus, und da ist mir's immer wohl, wenn ich sie allein finde.

am 8. Aug.

Ich bitte dich, lieber Wilhelm! Es war gewiß nicht auf dich geredt, wenn ich schrieb: schafft mir die Kerls vom Hals, die sagen, ich sollte mich resigniren. Ich dachte warlich nicht dran, daß du von ähnlicher Meinung seyn könntest. Und im Grunde hast du recht! Nur eins, mein Bester, in der Welt ist's sehr selten mit dem Entweder Oder gethan, es giebt so viel Schattirungen der Empfindungen und Handlungsweisen, als Abfälle zwischen einer Habichts- und Stumpfnase.

Du wirst mir also nicht übel nehmen, wenn ich dir dein ganzes Argument einräume, und mich doch zwischen dem Entweder Oder durchzustehlen suche.

Entweder sagst du, hast du Hofnung auf Lotten, oder du hast keine. Gut! Im ersten Falle such sie durchzutreiben, suche die Erfüllung deiner Wünsche zu umfassen, im andern Falle ermanne dich und suche einer elenden Empfindung los zu werden, die all deine Kräfte verzehren muß. Bester, das ist wohl gesagt, und – bald gesagt.

Und kannst du von dem Unglüklichen, dessen Leben unter einer schleichenden Krankheit unaufhaltsam allmählich abstirbt, kannst du von ihm verlangen, er solle durch einen Dolchstos der Quaal auf einmal ein Ende machen? Und raubt das Uebel, das ihm die Kräfte wegzehrt, ihm nicht auch zugleich den Muth, sich davon zu befreyen?

Zwar könntest du mir mit einem verwandten Gleichnisse antworten: Wer liesse sich nicht lieber den Arm abnehmen, als daß er durch Zaudern und Zagen sein Leben aufs Spiel sezte – Ich weis nicht – und wir wollen uns nicht in Gleichnissen herumbeissen. Genug – Ja, Wilhelm ich habe manchmal so einen Augenblik aufspringenden, abschüttelnden Muths, und da, wenn ich nur wüste wohin, ich gienge wohl.

am 10. Aug.

Ich könnte das beste glüklichste Leben führen, wenn ich nicht ein Thor wäre. So schöne Umstände vereinigen sich nicht leicht zusammen, eines Menschen Herz zu ergözzen, als die sind, in denen ich mich jezt befinde. Ach so gewiß ist's, daß unser Herz allein sein Glük macht! Ein Glied der liebenswürdigen Familie auszumachen, von dem Alten geliebt zu werden wie ein Sohn, von den Kleinen wie ein Vater und von Lotten – und nun der ehrliche Albert, der durch keine launische Unart mein Glük stört, der mich mit herzlicher Freundschaft umfaßt, dem ich nach Lotten das liebste auf der Welt bin – Wilhelm, es ist eine Freude uns zu hören, wenn wir spazieren gehn und uns einander von Lotten unterhalten, es ist in der Welt nichts lächerlichers erfunden worden als dieses Verhältniß, und doch kommen mir drüber die Thränen oft in die Augen.

Wenn er mir so von ihrer rechtschaffenen Mutter erzählt, wie die auf ihrem Todbette Lotten ihr Hauß und ihre Kinder übergeben, und ihm Lotten anbefohlen habe, wie seit der Zeit ein ganz anderer Geist Lotten belebt, wie sie in Sorge für ihre Wirthschaft und im Ernste eine wahre Mutter geworden, wie kein Augenblik ihrer Zeit ohne thätige Liebe, ohne Arbeit verstrichen, und wie dennoch all ihre Munterkeit, all ihr Leichtsinn sie nicht verlassen habe. Ich gehe so neben ihm hin, und pflükke Blumen am Wege, füge sie sehr sorgfältig in einen Straus und – werfe sie in den vorüberfliessenden Strohm, und sehe ihnen nach wie sie leise hinunterwallen. Ich weis nicht, ob ich dir geschrieben habe, daß Albert hier bleiben, und ein Amt mit einem artigen Auskommen vom Hofe erhalten wird, wo er sehr beliebt ist. In Ordnung und Emsigkeit in Geschäften hab ich wenig seines gleichen gesehen.

am 12. Aug.

Gewiß Albert ist der beste Mensch unter dem Himmel, ich habe gestern eine wunderbare Scene mit ihm gehabt. Ich kam zu ihm, um Abschied zu nehmen, denn mich wandelte die Lust an, in's Gebürg zu reiten, von daher ich dir auch jezt schreibe, und wie ich in der Stube auf und ab gehe, fallen mir seine Pistolen in die Augen. Borg mir die Pistolen, sagt ich, zu meiner Reise. Meintwegen, sagt er, wenn du dir die Mühe geben willst sie zu laden, bey mir hängen sie nur pro forma. Ich nahm eine herunter, und er fuhr fort: Seit mir meine Vorsicht einen so unartigen Streich gespielt hat, mag ich mit dem Zeuge nichts mehr zu thun haben. Ich war neugierig, die Geschichte zu wissen. Ich hielte mich, erzählte er, wohl ein Vierteljahr auf dem Lande bey einem Freunde auf, hatte ein paar Terzerolen ohngeladen und schlief ruhig. Einmal an einem regnigten Nachmittage, da ich so müßig sizze, weis ich nicht wie mir einfällt: wir könnten überfallen werden, wir könnten die Terzerols nöthig haben, und könnten – du weist ja, wie das ist. Ich gab sie dem Bedienten, sie zu puzzen, und zu laden, und der dahlt, mit den Mädgen, will sie erschrökken, und Gott weis wie, das Gewehr geht los, da der Ladstok noch drinn stekt und schießt den Ladstok einem Mädgen zur Maus herein, an der rechten Hand, und zerschlägt ihr den Daumen. Da hatt' ich das Lamentiren, und den Barbierer zu bezahlen oben drein, und seit der Zeit laß ich all das Gewehr ungeladen. Lieber Schaz, was ist Vorsicht! die Gefahr läßt sich nicht auslernen! Zwar – Nun weißt du, daß ich den Menschen sehr lieb habe bis auf seine Zwar. Denn versteht sich's nicht von selbst, daß jeder allgemeine Saz Ausnahmen leidet. Aber so rechtfertig ist der Mensch, wenn er glaubt, etwas übereiltes, allgemeines, halbwahres gesagt zu haben; so hört er dir nicht auf zu limitiren, modificiren, und ab und zu zu thun, bis zulezt gar nichts mehr an der Sache ist. Und bey diesem Anlasse kam er sehr tief in Text, und ich hörte endlich gar nicht weiter auf ihn, verfiel in Grillen, und mit einer auffahrenden Gebährde drukt ich mir die Mündung der Pistolen übers rechte Aug an die Stirn. Pfuy sagte Albert, indem er mir die Pistole herabzog, was soll das! – Sie ist nicht geladen, sagt ich. – Und auch so! Was soll's? versezt er ungedultig. Ich kann mir nicht vorstellen, wie ein Mensch so thörigt seyn kann, sich zu erschiessen; der blosse Gedanke erregt mir Widerwillen.

Daß ihr Menschen, rief ich aus, um von einer Sache zu reden, gleich sprechen müßt: Das ist thörig, das ist klug, das ist gut, das ist bös! Und was will das all heissen? Habt ihr deßwegen die innern Verhältnisse einer Handlung erforscht? Wißt ihr mit Bestimmtheit die Ursachen zu entwikkeln, warum sie geschah, warum sie geschehen mußte? Hättet ihr das, ihr würdet nicht so eilfertig mit euren Urtheilen seyn.

Du wirst mir zugeben, sagte Albert, daß gewisse Handlungen lasterhaft bleiben, sie mögen aus einem Beweggrunde geschehen, aus welchem sie wollen.

Ich zukte die Achseln und gabs ihm zu. Doch, mein Lieber, fuhr ich fort, finden sich auch hier einige Ausnahmen. Es ist wahr, der Diebstahl ist ein Laster, aber der Mensch, der, um sich und die Seinigen vom schmäligen Hungertode zu erretten, auf Raub ausgeht, verdient der Mitleiden oder Strafe? Wer hebt den ersten Stein auf gegen den Ehemann, der im gerechten Zorne sein untreues Weib und ihren nichtswürdigen Verführer aufopfert? Gegen das Mädgen, das in einer wonnevollen Stunde, sich in den unaufhaltsamen Freuden der Liebe verliert? Unsere Gesetze selbst, diese kaltblütigen Pedanten, lassen sich rühren, und halten ihre Strafe zurük.

Das ist ganz was anders, versezte Albert, weil ein Mensch, den seine Leidenschaften hinreissen, alle Besinnungskraft verliert, und als ein Trunkener, als ein Wahnsinniger angesehen wird. – Ach ihr vernünftigen Leute! rief ich lächelnd aus. Leidenschaft! Trunkenheit! Wahnsinn! Ihr steht so gelassen, so ohne Theilnehmung da, ihr sittlichen Menschen, scheltet den Trinker, verabscheuet den Unsinnigen, geht vorbey wie der Priester, und dankt Gott wie der Pharisäer, daß er euch nicht gemacht hat, wie einen von diesen. Ich bin mehr als einmal trunken gewesen, und meine Leidenschaften waren nie weit vom Wahnsinne, und beydes reut mich nicht, denn ich habe in meinem Maasse begreifen lernen: Wie man alle ausserordentliche Menschen, die etwas grosses, etwas unmöglich scheinendes würkten, von jeher für Trunkene und Wahnsinnige ausschreien müßte.

Aber auch im gemeinen Leben ists unerträglich, einem Kerl bey halbweg einer freyen, edlen, unerwarteten That nachrufen zu hören: Der Mensch ist trunken, der ist närrisch. Schämt euch, ihr Nüchternen. Schämt euch, ihr Weisen. Das sind nun wieder von deinen Grillen, sagte Albert. Du überspannst alles, und hast wenigstens hier gewiß unrecht, daß du den Selbstmord, wovon wir jetzo reden, mit grossen Handlungen vergleichst, da man es doch für nichts anders als eine Schwäche halten kann, denn freylich ist es leichter zu sterben, als ein qualvolles Leben standhaft zu ertragen.

Ich war im Begriffe abzubrechen, denn kein Argument in der Welt bringt mich so aus der Fassung, als wenn einer mit einem unbedeutenden Gemeinspruche angezogen kommt, da ich aus ganzem Herzen rede. Doch faßt ich mich, weil ich's schon öfter gehört und mich öfter darüber geärgert hatte, und versezte ihm mit einiger Lebhaftigkeit: Du nennst das Schwäche! ich bitte dich, laß dich vom Anscheine nicht verführen. Ein Volk, das unter dem unerträglichen Joche eines Tyrannen seufzt, darfst du das schwach heissen, wenn es endlich aufgährt und seine Ketten zerreißt. Ein Mensch, der über dem Schrekken, daß Feuer sein Haus ergriffen hat, alle Kräfte zusammen gespannt fühlt, und mit Leichtigkeit Lasten wegträgt, die er bey ruhigem Sinne kaum bewegen kann; einer, der in der Wuth der Beleidigung es mit Sechsen aufnimmt, und sie überwältigt, sind dir schwach zu nennen? Und mein Guter, wenn Anstrengung Stärke ist, warum soll die Ueberspannung das Gegentheil seyn? Albert sah mich an und sagte: nimm mirs nicht übel, die Beyspiele die du da giebst, scheinen hierher gar nicht zu gehören. Es mag seyn, sagt ich, man hat mir schon öfter vorgeworfen, daß meine Combinationsart manchmal an's Radotage gränze! Laßt uns denn sehen, ob wir auf eine andere Weise uns vorstellen können, wie es dem Menschen zu Muthe seyn mag, der sich entschließt, die sonst so angenehme Bürde des Lebens abzuwerfen, denn nur in so fern wir mit empfinden, haben wir Ehre von einer Sache zu reden.

Die menschliche Natur, fuhr ich fort, hat ihre Gränzen, sie kann Freude, Leid, Schmerzen, bis auf einen gewissen Grad ertragen, und geht zu Grunde, sobald der überstiegen ist.

Hier ist also nicht die Frage, ob einer schwach oder stark ist, sondern ob er das Maas seines Leidens ausdauren kann; es mag nun moralisch oder physikalisch seyn, und ich finde es eben so wunderbar zu sagen, der Mensch ist feig, der sich das Leben nimmt, als es ungehörig wäre, den einen Feigen zu nennen, der an einem bösartigen Fieber stirbt.

Paradox! sehr paradox! rief Albert aus. – Nicht so sehr, als du denkst, versezt ich. Du giebst mir zu wir nennen das eine Krankheit zum Todte, wodurch die Natur so angegriffen wird, daß theils ihre Kräfte verzehrt, theils so ausser Würkung gesezt werden, daß sie sich nicht wieder aufzuhelfen, durch keine glükliche Revolution, den gewöhnlichen Umlauf des Lebens wieder herzustellen fähig ist.

Nun mein Lieber, laß uns das auf den Geist anwenden. Sieh den Menschen an in seiner Eingeschränktheit, wie Eindrükke auf ihn würken, Ideen sich bey ihm fest sezzen, bis endlich eine wachsende Leidenschaft ihn aller ruhigen Sinneskraft beraubt, und ihn zu Grunde richtet.

Vergebens, daß der gelaßne vernünftige Mensch den Zustand des Unglüklichen übersieht, vergebens, daß er ihm zuredet, eben als wie ein Gesunder, der am Bette des Kranken steht, ihm von seinen Kräften nicht das geringste einflößen kann.

Alberten war das zu allgemein gesprochen, ich erinnerte ihn an ein Mädgen, das man vor weniger Zeit im Wasser todt gefunden, und wiederholt ihm ihre Geschichte. Ein gutes junges Geschöpf, das in dem engen Kreise häuslicher Beschäftigungen, wöchentlicher bestimmter Arbeit so herangewachsen war, das weiter keine Aussicht von Vergnügen kannte, als etwa Sonntags in einem nach und nach zusammengeschafften Puzze mit ihres gleichen um die Stadt spazieren zu gehen, vielleicht alle hohe Feste einmal zu tanzen, und übrigens mit aller Lebhaftigkeit des herzlichsten Antheils manche Stunde über den Anlas eines Gezänkes, einer übeln Nachrede, mit einer Nachbarin zu verplaudern; deren feurige Natur fühlt nun endlich innigere Bedürfnisse, die durch die Schmeicheleyen der Männer vermehrt werden, all ihre vorige Freuden werden ihr nach und nach unschmakhaft, bis sie endlich einen Menschen antrifft, zu dem ein unbekanntes Gefühl sie unwiderstehlich hinreißt, auf den sie nun all ihre Hofnungen wirft, die Welt rings um sich vergißt, nichts hört, nichts sieht, nichts fühlt als ihn, den Einzigen, sich nur sehnt nach ihm, dem Einzigen. Durch die leere Vergnügen einer unbeständigen Eitelkeit nicht verdorben, zieht ihr Verlangen grad nach dem Zwecke: Sie will die Seinige werden, sie will in ewiger Verbindung all das Glück antreffen, das ihr mangelt, die Vereinigung aller Freuden gemessen, nach denen sie sich sehnte. Wiederholtes Versprechen, das ihr die Gewißheit aller Hofnungen versiegelt, kühne Liebkosungen, die ihre Begierden vermehren, umfangen ganz ihre Seele, sie schwebt in einem dumpfen Bewußtseyn, in einem Vorgefühl aller Freuden, sie ist bis auf den höchsten Grad gespannt, wo sie endlich ihre Arme ausstrekt, all ihre Wünsche zu umfassen – und ihr Geliebter verläßt Sie – Erstarrt; ohne Sinne steht sie vor einem Abgrunde, und alles ist Finsterniß um sie her, keine Aussicht, kein Trost, keine Ahndung, denn der hat sie verlassen, in dem sie allein ihr Daseyn fühlte. Sie sieht nicht die weite Welt, die vor ihr liegt, nicht die Vielen, die ihr den Verlust ersezzen könnten, sie fühlt sich allein, verlassen von aller Welt, – und blind, in die Enge gepreßt von der entsezlichen Noth ihres Herzens stürzt sie sich hinunter, um in einem rings umfangenden Tode all ihre Quaalen zu erstikken. – Sieh, Albert, das ist die Geschichte so manches Menschen, und sag, ist das nicht der Fall der Krankheit? Die Natur findet keinen Ausweg aus dem Labyrinthe der verworrenen und widersprechenden Kräfte, und der Mensch muß sterben.

Wehe dem, der zusehen und sagen könnte: Die Thörinn! hätte sie gewartet, hätte sie die Zeit würken lassen, es würde sich die Verzweiflung schon gelegt, es würde sich ein anderer sie zu trösten schon vorgefunden haben.

Das ist eben, als wenn einer sagte: der Thor! stirbt am Fieber! hätte er gewartet, bis sich seine Kräfte erhohlt, seine Säfte verbessert, der Tumult seines Blutes gelegt hätten, alles wäre gut gegangen, und er lebte bis auf den heutigen Tag!

Albert, dem die Vergleichung noch nicht anschaulich war, wandte noch einiges ein, und unter andern: ich habe nur von einem einfältigen Mädgen gesprochen, wie denn aber ein Mensch von Verstande, der nicht so eingeschränkt sey, der mehr Verhältnisse übersähe, zu entschuldigen seyn möchte, könne er nicht begreifen. Mein Freund rief ich aus, der Mensch ist Mensch, und das Bißgen Verstand das einer haben mag, kommt wenig oder nicht in Anschlag, wenn Leidenschaft wüthet, und die Gränzen der Menschheit einen drängen. Vielmehr – ein andermal, davon sagt ich, und grif nach meinem Hute. O mir war das Herz so voll – Und wir giengen auseinander, ohne einander verstanden zu haben. Wie denn auf dieser Welt keiner leicht den andern versteht.

am 15. Aug.

Es ist doch gewiß, daß in der Welt den Menschen nichts nothwendig macht als die Liebe. Ich fühl's an Lotten, daß sie mich ungern verlöhre, und die Kinder haben keine andre Idee, als daß ich immer morgen wiederkommen würde. Heut war ich hinausgegangen, Lottens Clavier zu stimmen, ich konnte aber nicht dazu kommen, denn die Kleinen verfolgten mich um ein Mährgen, und Lotte sagte denn selbst, ich sollte ihnen den Willen thun. Ich schnitt ihnen das Abendbrod, das sie nun fast so gerne von mir als von Lotten annehmen und erzählte ihnen das Hauptstückgen von der Prinzeßinn, die von Händen bedient wird. Ich lerne viel dabey, das versichr' ich dich, und ich bin erstaunt, was es auf sie für Eindrükke macht. Weil ich manchmal einen Inzidenzpunkt erfinden muß, den ich bey'm zweytenmal vergesse, sagen sie gleich, das vorigemal wär's anders gewest, so daß ich mich jezt übe, sie unveränderlich in einem singenden Sylbenfall an einem Schnürgen weg zu rezitiren. Ich habe daraus gelernt wie ein Autor, durch eine zweyte veränderte Auflage seiner Geschichte, und wenn sie noch so poetisch besser geworden wäre, nothwendig seinem Buche schaden muß. Der erste Eindruk findet uns willig, und der Mensch ist so gemacht, daß man ihm das abenteuerlichste überreden kann, das haftet aber auch gleich so fest, und wehe dem, der es wieder auskrazzen und austilgen will.

am 18. Aug.

Mußte denn das so seyn? daß das, was des Menschen Glükseligkeit macht, wieder die Quelle seines Elends würde.

Das volle warme Gefühl meines Herzens an der lebendigen Natur, das mich mit so viel Wonne überströmte, das rings umher die Welt mir zu einem Paradiese schuf, wird mir jezt zu einem unerträglichen Peiniger, zu einem quälenden Geiste, der mich auf allen Wegen verfolgt. Wenn ich sonst vom Fels über den Fluß bis zu jenen Hügeln das fruchtbare Thal überschaute, und alles um mich her keimen und quellen sah, wenn ich jene Berge, vom Fuße bis auf zum Gipfel, mit hohen, dichten Bäumen bekleidet, all jene Thäler in ihren mannichfaltigen Krümmungen von den lieblichsten Wäldern beschattet sah, und der sanfte Fluß zwischen den lispelnden Rohren dahin gleitete, und die lieben Wolken abspiegelte, die der sanfte Abendwind am Himmel herüber wiegte, wenn ich denn die Vögel um mich, den Wald beleben hörte, und die Millionen Mükkenschwärme im lezten rothen Strahle der Sonne muthig tanzten, und ihr lezter zukkender Blik den summenden Käfer aus seinem Grase befreyte und das Gewebere um mich her, mich auf den Boden aufmerksam machte und das Moos, das meinem harten Felsen seine Nahrung abzwingt, und das Geniste, das den dürren Sandhügel hinunter wächst, mir alles das innere glühende, heilige Leben der Natur eröfnete, wie umfaßt ich das all mit warmen Herzen, verlohr mich in der unendlichen Fülle, und die herrlichen Gestalten der unendlichen Welt bewegten sich alllebend in meiner Seele. Ungeheure Berge umgaben mich, Abgründe lagen vor mir, und Wetterbäche stürzten herunter, die Flüsse strömten unter mir, und Wald und Gebürg erklang. Und ich sah sie würken und schaffen in einander in den Tiefen der Erde, all die Kräfte unergründlich. Und nun über der Erde und unter dem Himmel wimmeln die Geschlechter der Geschöpfe all, und alles, alles bevölkert mit tausendfachen Gestalten, und die Menschen dann sich in Häuslein zusammen sichern, und sich annisten, und herrschen in ihrem Sinne über die weite Welt! Armer

Thor, der du alles so gering achtest, weil du so klein bist. Vom unzugänglichen Gebürge über die Einöde, die kein Fuß betrat, bis ans Ende des unbekannten Ozeans, weht der Geist des Ewigschaffenden und freut sich jedes Staubs, der ihn vernimmt und lebt. Ach damals, wie oft hab ich mich mit Fittigen eines Kranichs, der über mich hinflog, zu dem Ufer des ungemessenen Meeres gesehnt, aus dem schäumenden Becher des Unendlichen, jene schwellende Lebenswonne zu trinken, und nur einen Augenblick in der eingeschränkten Kraft meines Busens einen Tropfen der Seligkeit des Wesens zu fühlen, das alles in sich und durch sich hervorbringt.

Bruder, nur die Erinnerung jener Stunden macht mir wohl, selbst diese Anstrengung, jene unsäglichen Gefühle zurük zu rufen, wieder auszusprechen, hebt meine Seele über sich selbst, und läßt mir dann das Bange des Zustands doppelt empfinden, der mich jezt umgiebt.

Es hat sich vor meiner Seele wie ein Vorhang weggezogen, und der Schauplatz des unendlichen Lebens verwandelt sich vor mir in den Abgrund des ewig offnen Grabs. Kannst du sagen: Das ist! da alles vorübergeht, da alles mit der Wetterschnelle vorüber rollt, so selten die ganze Kraft seines Daseyns ausdauert, ach in den Strom fortgerissen, untergetaucht und an Felsen zerschmettert wird. Da ist kein Augenblik, der nicht dich verzehrte und die Deinigen um dich her, kein Augenblik, da du nicht ein Zerstöhrer bist, seyn mußt. Der harmloseste Spaziergang kostet tausend tausend armen Würmgen das Leben, es zerrüttet ein Fustritt die mühseligen Gebäude der Ameisen, und stampft eine kleine Welt in ein schmähliches Grab. Ha! nicht die große seltene Noth der Welt, diese Fluthen, die eure Dörfer wegspülen, diese Erdbeben, die eure Städte verschlingen, rühren mich. Mir untergräbt das Herz die verzehrende Kraft, die im All der Natur verborgen liegt, die nichts gebildet hat, das nicht seinen Nachbar, nicht sich selbst zerstörte. Und so taumele ich beängstet! Himmel und Erde und all die webenden Kräfte um mich her! Ich sehe nichts, als ein ewig verschlingendes, ewig wiederkäuendes Ungeheur.

am 21. Aug.

Umsonst strekke ich meine Arme nach ihr aus, Morgens wenn ich von schweren Träumen aufdämmere, vergebens such ich sie Nachts in meinem Bette, wenn mich ein glüklicher unschuldiger Traum getäuscht hat, als säß ich neben ihr auf der Wiese, und hielte ihre Hand und dekte sie mit tausend Küssen. Ach wenn ich denn noch halb im Taumel des Schlafs nach ihr tappe, und drüber mich ermuntere – Ein Strom von Thränen bricht aus meinem gepreßten Herzen, und ich weine trostlos einer finstern Zukunft entgegen.

am 22. Aug.

Es ist ein Unglük, Wilhelm! all meine thätigen Kräfte sind zu einer unruhigen Lässigkeit verstimmt, ich kann nicht müssig seyn und wieder kann ich nichts thun. Ich hab keine Vorstellungskraft, kein Gefühl an der Natur und die Bücher speien mich alle an. Wenn wir uns selbst fehlen, fehlt uns doch alles. Ich schwöre Dir, manchmal wünschte ich ein Taglöhner zu seyn, um nur des Morgens bey'm Erwachen eine Aussicht auf den künftigen Tag, einen Drang, eine Hofnung zu haben. Oft beneid ich Alberten, den ich über die Ohren in Akten begraben sehe, und bilde mir ein: mir wär's wohl, wenn ich an seiner Stelle wäre! Schon etlichemal ist mir's so aufgefahren, ich wollte Dir schreiben und dem Minister, und um die Stelle bey der Gesandtschaft anhalten, die, wie Du versicherst, mir nicht versagt werden würde. Ich glaube es selbst, der Minister hebt mich seit lange, hatte lange mir angelegen, ich sollte mich employiren, und eine Stunde ist mir's auch wohl drum zu thun; hernach, wenn ich so wieder dran denke, und mir die Fabel vom Pferde einfällt, das seiner Freyheit ungedultig, sich Sattel und Zeug auflegen läßt, und zu Schanden geritten wird. Ich weis nicht, was ich soll – Und mein Lieber! Ist nicht vielleicht das Sehnen in mir nach Veränderung des Zustands, eine innre unbehagliche Ungedult, die mich überall hin verfolgen wird?

am 28. Aug.

Es ist wahr, wenn meine Krankheit zu heilen wäre, so würden diese Menschen es thun. Heut ist mein Geburtstag, und in aller Frühe empfang ich ein Päkgen von Alberten. Mir fällt bey'm Eröfnen sogleich eine der blaßrothen Schleifen in die Augen, die Lotte vorhatte, als ich sie kennen lernte, und um die ich sie seither etlichemal gebeten hatte. Es waren zwey Büchelgen in duodez dabey, der kleine Wetsteinische Homer, ein Büchelgen, nach dem ich so oft verlangt, um mich auf dem Spaziergange mit dem Ernestischen nicht zu schleppen. Sieh! so kommen sie meinen Wünschen zuvor, so suchen sie all die kleinen Gefälligkeiten der Freundschaft auf, die tausendmal werther sind als jene blendende Geschenke, wodurch uns die Eitelkeit des Gebers erniedrigt. Ich küsse diese Schleife tausendmal, und mit jedem Athemzuge schlürfe ich die Erinnerung jener Seligkeiten ein, mit denen mich jene wenige, glückliche, unwiederbringliche Tage überfüllten. Wilhelm es ist so, und ich murre nicht, die Blüthen des Lebens sind nur Erscheinungen! wie viele gehn vorüber, ohne eine Spur hinter sich zu lassen, wie wenige sezzen Frucht an, und wie wenige dieser Früchte werden reif. Und doch sind deren noch genug da, und doch – O mein Bruder! können wir gereifte Früchte vernachlässigen, verachten, ungenossen verwelken und verfaulen lassen?

Lebe wohl! Es ist ein herrlicher Sommer, ich sizze oft auf den Obstbäumen in Lottens Baumstük mit dem Obstbrecher der langen Stange, und hole die Birn aus dem Gipfel. Sie steht unten und nimmt sie ab, wenn ich sie ihr hinunter lasse.

am 30. Aug.

Unglüklicher! Bist du nicht ein Thor? Betrügst du dich nicht selbst? Was soll all diese tobende endlose Leidenschaft? Ich habe kein Gebet mehr, als an sie, meiner Einbildungskraft erscheint keine andere Gestalt als die ihrige, und alles in der Welt um mich her, sehe ich nur im Verhältnisse mit ihr. Und das macht mir denn so manche glükliche Stunde – Bis ich mich wieder von ihr losreißen muß, ach Wilhelm, wozu mich mein Herz oft drängt! – Wenn ich so bey ihr gesessen bin, zwey, drey Stunden, und mich an der Gestalt, an dem Betragen, an dem himmlischen Ausdruk ihrer Worte geweidet habe, und nun so nach und nach alle meine Sinnen aufgespannt werden, mir's düster vor den Augen wird, ich kaum was noch höre, und mich's an die Gurgel faßt, wie ein Meuchelmörder, dann mein Herz in wilden Schlägen den bedrängten Sinnen Luft zu machen sucht und ihre Verwirrung vermehrt. Wilhelm, ich weis oft nicht, ob ich auf der Welt bin! Und wenn nicht manchmal die Wehmuth das Uebergewicht nimmt, und Lotte mir den elenden Trost erlaubt, auf ihrer Hand meine Beklemmung auszuweinen, so muß ich fort! Muß hinaus! Und schweife dann weit im Felde umher. Einen gähen Berg zu klettern, ist dann meine Freude, durch einen unwegsamen Wald einen Pfad durchzuarbeiten, durch die Hekken die mich verlezzen, durch die Dornen die mich zerreissen! Da wird mir's etwas besser! Etwas! Und wenn ich für Müdigkeit und Durst manchsmal unterwegs liegen bleibe, manchmal in der tiefen Nacht, wenn der hohe Vollmond über mir steht, im einsamen Walde auf einem krumgewachsnen Baum mich sezze, um meinen verwundeten Solen nur einige Linderung zu verschaffen, und dann in einer ermattenden Ruhe in dem Dämmerscheine hinschlummre! O

Wilhelm! Die einsame Wohnung einer Zelle, das härne Gewand und der Stachelgürtel, wären Labsale, nach denen meine Seele schmachtet. Adieu. Ich seh all dieses Elends kein Ende als das Grab.

am 3. Sept.

Ich muß fort! ich danke Dir, Wilhelm, daß Du meinen wankenden Entschluß bestimmt hast. Schon vierzehn Tage geh ich mit dem Gedanken um, sie zu verlassen. Ich muß. Sie ist wieder in der Stadt bey einer Freundinn. Und Albert – und – ich muß fort.

am 10. Sept.

Das war eine Nacht! Wilhelm, nun übersteh ich alles. Ich werde sie nicht wiedersehn. O daß ich nicht an Deinen Hals fliegen, Dir mit tausend Thränen und Entzükkungen ausdrükken kann, mein Bester, all die Empfindungen, die mein Herz bestürmen. Hier sizz ich und schnappe nach Luft, suche mich zu beruhigen, und erwarte den Morgen, und mit Sonnen Aufgang sind die Pferde bestellt.

Ach sie schläft ruhig und denkt nicht, daß sie mich nie wieder sehen wird. Ich habe mich losgerissen, bin stark genug gewesen, in einem Gespräche von zwey

Stunden mein Vorhaben nicht zu verrathen. Und Gott, welch ein Gespräch!

Albert hatte mir versprochen, gleich nach dem Nachtessen mit Lotten im Garten zu seyn. Ich stand auf der Terasse unter den hohen Castanienbäumen, und sah der Sonne nach, die mir nun zum letztenmal über dem lieblichen Thale, über dem sanften Flusse untergieng. So oft hatte ich hier gestanden mit ihr, und eben dem herrlichen Schauspiele zugesehen und nun – Ich gieng in der Allee auf und ab, die mir so lieb war, ein geheimer sympathetischer Zug hatte mich hier so oft gehalten, eh ich noch Lotten kannte, und wie freuten wir uns, als im Anfange unserer Bekanntschaft wir die wechselseitige Neigung zu dem Pläzgen entdekten, das wahrhaftig eins der romantischten ist, die ich von der Kunst habe hervorgebracht gesehen.

Erst hast du zwischen den Castanienbäumen die weite Aussicht – Ach ich erinnere mich, ich habe dir, denk ich, schon viel geschrieben davon, wie hohe Buchenwände einen endlich einschliessen und durch ein daran stoßendes Bosquet die Allee immer düstrer wird, bis zuletzt alles sich in ein geschlossenes Pläzgen endigt, das alle Schauer der Einsamkeit umschweben. Ich fühl es noch wie heimlich mir's ward, als ich zum erstenmal an einem hohen Mittage hinein trat, ich ahndete ganz leise, was das noch für ein Schauplaz werden sollte von Seligkeit und Schmerz.

Ich hatte mich etwa eine halbe Stunde in denen schmachtenden süssen Gedanken des Abscheidens, des Wiedersehns geweidet; als ich sie die Terasse heraufsteigen hörte, ich lief ihnen entgegen, mit einem Schauer faßt ich ihre Hand und küßte sie. Wir waren eben herauf getreten, als der Mond hinter dem büschigen Hügel aufgieng, wir redeten mancherley und kamen unvermerkt dem düstern Cabinette näher. Lotte tratt hinein und sezte sich, Albert neben sie, ich auch, doch, meine Unruhe lies mich nicht lange sizzen, ich stand auf, trat vor sie, gieng auf und ab, sezte mich wieder, es war ein ängstlicher Zustand. Sie machte uns aufmerksam auf die schöne Würkung des Mondenlichts, das am Ende der Buchenwände die ganze Terasse vor uns erleuchtete, ein herrlicher Anblik, der um so viel frappanter war, weil uns rings eine tiefe Dämmerung einschloß. Wir waren still, und sie fieng nach einer Weile an: Niemals geh ich im Mondenlichte spazieren, niemals daß mir nicht der Gedanke an meine Verstorbenen begegnete, daß nicht das Gefühl von Tod, von Zukunft über mich käme. Wir werden seyn, fuhr sie mit der Stimme des herrlichsten Gefühls fort, aber Werther, sollen wir uns wieder finden? und wieder erkennen? Was ahnden sie, was sagen sie?

Lotte, sagt ich, indem ich ihr die Hand reichte und mir die Augen voll Thränen wurden, wir werden uns wieder sehn! Hier und dort wieder sehn! – Ich konnte nicht weiter reden – Wilhelm, mußte sie mich das fragen? da ich diesen ängstlichen Abschied im Herzen hatte.

Und ob die lieben Abgeschiednen von uns wissen, fuhr sie fort, ob sie fühlen, wann's uns wohl geht, daß wir mit warmer Liebe uns ihrer erinnern? O die Gestalt meiner Mutter schwebt immer um mich, wenn ich so am stillen Abend, unter ihren Kindern, unter meinen Kindern sizze, und sie um mich versammlet sind, wie sie um sie versammlet waren. Wenn ich so mit einer sehnenden Thräne gen Himmel sehe, und wünsche: daß sie herein schauen könnte einen Augenblik, wie ich mein Wort halte, das ich ihr in der Stunde des Todes gab: die Mutter ihrer Kinder zu seyn. Hundertmal ruf ich aus: Verzeih mir's, Theuerste, wenn ich ihnen nicht bin, was du ihnen warst. Ach! thu ich doch alles was ich kann, sind sie doch gekleidet, genährt, ach und was mehr ist als das alles, gepflegt und geliebet. Könntest du unsere Eintracht sehn, liebe Heilige! du würdest mit dem heissesten Danke den Gott verherrlichen, den du mit den lezten bittersten Thränen um die Wohlfahrt deiner Kinder batst. Sie sagte das! O Wilhelm! wer kann wiederholen was sie sagte, wie kann der kalte todte Buchstabe diese himmlische Blüthe des Geistes darstellen. Albert fiel ihr sanft in die Rede: es greift sie zu stark an, liebe Lotte, ich weis, ihre Seele hängt sehr nach diesen Ideen, aber ich bitte sie – O Albert, sagte sie, ich weis, du vergißt nicht die Abende, da wir zusammen saßen an dem kleinen runden Tischgen, wenn der Papa verreist war, und wir die Kleinen schlafen geschikt hatten. Du hattest oft ein gutes Buch, und kamst so selten dazu etwas zu lesen. War der Umgang dieser herrlichen Seele nicht mehr als alles! die schöne, sanfte, muntere und immer thätige Frau! Gott kennt meine Thränen, mit denen ich mich oft in meinem Bette vor ihn hinwarf: er möchte mich ihr gleich machen.

Lotte! rief ich aus, indem ich mich vor sie hinwarf, ihre Hände nahm und mit tausend Thränen nezte. Lotte, der Segen Gottes ruht über dir, und der Geist deiner Mutter! – Wenn sie sie gekannt hätten! sagte sie, indem sie mir die Hand drükte, – sie war werth, von ihnen gekannt zu seyn. – Ich glaubte zu vergehen, nie war ein grösseres, stolzeres Wort über mich ausgesprochen worden, und sie fuhr fort: und diese Frau mußte in der Blüthe ihrer Jahre dahin, da ihr jüngster Sohn nicht sechs Monathe alt war. Ihre Krankheit dauerte nicht lange, sie war ruhig, resignirt, nur ihre Kinder thaten ihr weh, besonders das kleine. Wie es gegen das Ende gieng, und sie zu mir sagte: Bring mir sie herauf, und wie ich sie herein führte, die kleinen die nicht wußten, und die ältesten die ohne Sinne waren, wie sie um's Bett standen, und wie sie die Hände aufhub und über sie betete, und sie küßte nach einander und sie wegschikte, und zu mir sagte: Sey ihre Mutter! Ich gab ihr die Hand drauf! Du versprichst viel, meine Tochter, sagte sie, das Herz einer Mutter und das Aug einer Mutter! Ich hab oft an deinen dankbaren Thränen gesehen, daß du fühlst was das sey. Hab es für deine Geschwister, und für deinen Vater, die Treue, den Gehorsam einer Frau. Du wirst ihn trösten. Sie fragte nach ihm, er war ausgegangen, um uns den unerträglichen Kummer zu verbergen, den er fühlte, der Mann war ganz zerrissen.

Albert, du warst im Zimmer! Sie hörte jemand gehn, und fragte, und forderte dich zu ihr. Und wie sie dich ansah und mich, mit dem getrösteten ruhigen Blikke, daß wir glüklich seyn, zusammen glüklich seyn würden. Albert fiel ihr um den Hals und küßte sie, und rief: wir sinds! wir werdens seyn. Der ruhige Albert war ganz aus seiner Fassung, und ich wußte nichts von mir selber.

erther, fieng sie an, und diese Frau sollte dahin seyn! Gott, wenn ich manchmal so denke, wie man das Liebste seines Lebens so wegtragen läßt, und niemand als die Kinder das so scharf fühlt, die sich noch lange beklagten: die schwarzen Männer hätten die Mamma weggetragen.

Sie stund auf, und ich ward erwekt und erschüttert, blieb sizzen und hielt ihre Hand. Wir wollen fort, sagte sie, es wird Zeit. Sie wollte ihre Hand zurük ziehen und ich hielt sie fester! Wir werden uns wiedersehn, rief ich, wir werden uns finden, unter allen Gestalten werden wir uns erkennen. Ich gehe, fuhr ich fort, ich gehe willig, und doch, wenn ich sagen sollte auf ewig, ich würde es nicht aushalten. Leb wohl, Lotte! Leb wohl, Albert! Wir sehen uns wieder. – Morgen denk ich, versezte sie scherzend, ich fühlte das Morgen! Ach sie wußte nicht als sie ihre Hand aus der meinigen zog – sie giengen die Allee hinaus, ich stand, sah ihnen nach im Mondscheine und warf mich an die Erde und weinte mich aus, und sprang auf, lief auf die Terasse hervor und sah noch dort drunten im Schatten der hohen Lindenbäume ihr weisses Kleid nach der Gartenthüre schimmern, ich strekte meine Arme hinaus, und es verschwand.

ZWEYTER THEIL

am 20. Okt. 1771.

Gestern sind wir hier angelangt. Der Gesandte ist unpaß, und wird sich also einige Tage einhalten, wenn er nur nicht so unhold wäre, wär alles gut. Ich merke, ich merke, das Schiksal hat mir harte Prüfungen zugedacht. Doch gutes Muths! ein leichter Sinn trägt alles! Ein leichter Sinn! das macht mich zu lachen, wie das Wort in meine Feder kommt. O ein Bißgen leichteres Blut würde mich zum glüklichsten Menschen unter der Sonne machen. Was! Da wo andre, mit ihrem Bißgen Kraft und Talent, vor mir in behaglicher Selbstgefälligkeit herum schwadroniren, verzweifl' ich an meiner Kraft, an meinen Gaben. Guter Gott! der du mir das alles schenktest, warum hieltest du nicht die Hälfte zurük und gabst mir Selbstvertrauen und Genügsamkeit!

Gedult! Gedult! Es wird besser werden. Denn ich sage dir, Lieber, du hast Recht. Seit ich unter dem Volke so alle Tage herumgetrieben werde, und sehe was sie thun und wie sie's treiben, steh ich viel besser mit mir selbst. Gewiß, weil wir doch einmal so gemacht sind, daß wir alles mit uns, und uns mit allem vergleichen; so liegt Glük oder Elend in den Gegenständen, womit wir uns zusammenhalten, und da ist nichts gefährlicher als die Einsamkeit. Unsere Einbildungskraft, durch ihre Natur gedrungen sich zu erheben, durch die phantastische Bilder der Dichtkunst genährt, bildet sich eine Reihe Wesen hinauf, wo wir das unterste sind, und alles ausser uns herrlicher erscheint, jeder andre vollkommner ist. Und das geht ganz natürlich zu: Wir fühlen so oft, daß uns manches mangelt, und eben was uns fehlt scheint uns oft ein anderer zu besizzen, dem wir denn auch alles dazu geben was wir haben, und noch eine gewisse idealische Behaglichkeit dazu. Und so ist der Glükliche vollkommen fertig, das Geschöpf unserer selbst.

Dagegen wenn wir mit all unserer Schwachheit und Mühseligkeit nur gerade fortarbeiten, so finden wir gar oft, daß wir mit all unserm Schlendern und Laviren es weiter bringen als andre mit ihren Segeln und Rudern – und – das ist doch ein wahres Gefühl seiner selbst, wenn man andern gleich oder gar vorlauft.

am 10. Nov.

Ich fange an mich in sofern ganz leidlich hier zu befinden. Das beste ist, daß es zu thun genug giebt, und dann die vielerley Menschen, die allerley neue Gestalten, machen mir ein buntes Schauspiel vor meiner Seele. Ich habe den Grafen C. kennen lernen, einen Mann, den ich jeden Tag mehr verehren muß. Einen weiten grossen Kopf, und der deswegen nicht kalt ist, weil er viel übersieht; aus dessen Umgange so viel Empfindung für Freundschaft und Liebe hervorleuchtet. Er nahm Theil an mir, als ich einen Geschäftsauftrag an ihn ausrichtete, und er bey den ersten Worten merkte, daß wir uns verstunden, daß er mit mir reden konnte wie nicht mit jedem. Auch kann ich sein offnes Betragen gegen mich nicht genug rühmen. So eine wahre warme Freude ist nicht in der Welt, als eine grosse Seele zu sehen, die sich gegen einen öffnet.

am 24. Dec.

Der Gesandte macht mir viel Verdruß, ich hab es voraus gesehn. Es ist der pünktlichste Narre, den's nur geben kann. Schritt vor Schritt und umständlich wie eine Baase. Ein Mensch, der nie selbst mit sich zufrieden ist, und dem's daher niemand zu Danke machen kann. Ich arbeite gern leicht weg, und wie's steht so steht's, da ist er im Stande, mir einen Aufsaz zurükzugeben und zu sagen: er ist gut, aber sehen sie ihn durch, man findt immer ein besser Wort, eine reinere Partikel. Da möcht ich des Teufels werden. Kein Und, kein Bindwörtchen sonst darf aussenbleiben, und von allen Inversionen die mir manchmal entfahren, ist er ein Todtfeind. Wenn man seinen Period nicht nach der hergebrachten Melodie herabórgelt; so versteht er gar nichts drinne. Das ist ein Leiden, mit so einem Menschen zu thun zu haben.

Das Vertrauen des Grafen von C. ist noch das einzige, was mich schadlos hält. Er sagte mir lezthin ganz aufrichtig: wie unzufrieden er über die Langsamkeit und Bedenklichkeit meines Gesandten sey. Die Leute erschweren sich's und andern. Doch, sagt er, man muß sich darein resigniren, wie ein Reisender, der über einen Berg muß. Freylich! wär der Berg nicht da, wäre der Weg viel bequemer und kürzer, er ist nun aber da! und es soll drüber! –

Mein Alter spürt auch wohl den Vorzug, den mir der Graf vor ihm giebt, und das ärgert ihn, und er ergreift jede Gelegenheit, übels gegen mich vom Grafen zu reden, ich halte, wie natürlich, Widerpart, und dadurch wird die Sache nur schlimmer. Gestern gar bracht er mich auf, denn ich war mit gemeint. Zu so Weltgeschäften wäre der Graf ganz gut, er hätte viel Leichtigkeit zu arbeiten, und führte eine gute Feder, doch an gründlicher Gelehrsamkeit mangelt es ihm, wie all den Bellettristen. Darüber hätt ich ihn gern ausgeprügelt, denn weiter ist mit den Kerls nicht zu raisonniren, da das aber nun nicht angieng, so focht ich mit ziemlicher Heftigkeit, und sagt ihm, der Graf sey ein Mann, vor dem man Achtung haben müßte, wegen seines Charakters sowohl, als seiner Kenntnisse; ich habe, sagt ich, niemand gekannt, dem es so geglükt wäre, seinen Geist zu erweitern, ihn über unzählige Gegenstände zu verbreiten, und doch die Thätigkeit für's gemeine Leben zu behalten. Das waren dem Gehirn spanische Dörfer, und ich empfahl mich, um nicht über ein weiteres Deraisonnement noch mehr Galle zu schlukken.

Und daran seyd ihr all Schuld, die ihr mich in das Joch geschwazt, und mir so viel von Aktivität vorgesungen habt. Aktivität! Wenn nicht der mehr thut, der Kartoffeln stekt, und in die Stadt reitet, sein Korn zu verkaufen, als ich, so will ich zehn Jahre noch mich auf der Galeere abarbeiten, auf der ich nun angeschmiedet bin.

Und das glänzende Elend die Langeweile unter dem garstigen Volke das sich hier neben einander sieht. Die Rangsucht unter ihnen, wie sie nur wachen und aufpassen, einander ein Schrittgen abzugewinnen, die elendesten erbärmlichsten Leidenschaften, ganz ohne Rökgen! Da ist ein Weib, zum Exempel, die jederman von ihrem Adel und ihrem Lande unterhält, daß nun jeder Fremde denken muß: das ist eine Närrin, die sich auf das Bißgen Adel und auf den Ruf ihres Landes Wunderstreiche einbildet – Aber es ist noch viel ärger, eben das Weib ist hier aus der Nachbarschaft eine Amtschreibers Tochter. – Sieh, ich kann das Menschengeschlecht nicht begreifen, das so wenig Sinn hat, um sich so platt zu prostituiren.

Zwar ich merke täglich mehr, mein Lieber, wie thöricht man ist andre nach sich zu berechnen. Und weil ich so viel mit mir selbst zu thun habe, und dieses Herz und Sinn so stürmisch ist, ach ich lasse gern die andern ihres Pfads gehen, wenn sie mich nur auch könnten gehn lassen.

Was mich am meisten nekt, sind die fatalen bürgerlichen Verhältnisse. Zwar weis ich so gut als einer, wie nöthig der Unterschied der Stände ist, wie viel Vortheile er mir selbst verschafft, nur soll er mir nicht eben grad im Wege stehn, wo ich noch ein wenig Freude, einen Schimmer von Glük auf dieser Erden gemessen könnte. Ich lernte neulich auf dem Spaziergange ein Fräulein von B.. kennen, ein liebenswürdiges Geschöpf, das sehr viele Natur mitten in dem steifen Leben erhalten hat. Wir gefielen uns in unserm Gespräche, und da wir schieden, bat ich sie um Erlaubniß, sie bey sich sehen zu dürfen. Sie gestattete mir das mit so viel Freymüthigkeit, daß ich den schiklichen Augenblik kaum erwarten konnte, zu ihr zu gehen. Sie ist nicht von hier, und wohnt bey einer Tante im Hause. Die Physiognomie der alten Schachtel gefiel mir nicht. Ich bezeigte ihr viel Aufmerksamkeit, mein Gespräch war meist an sie gewandt, und in minder als einer halben Stunde hatte ich so ziemlich weg, was mir das Fräulein nachher selbst gestund: daß die liebe Tante in ihrem Alter, und dem Mangel von allem, vom anständigen Vermögen an bis auf den Geist keine Stüzze hat, als die Reihe ihrer Vorfahren, keinen Schirm, als den Stand, in dem sie sich verpallisadirt, und kein Ergözzen, als von ihrem Stokwerk herab über die bürgerlichen Häupter weg zu sehen. In ihrer Jugend soll sie schön gewesen seyn, und ihr Leben so weggegaukelt, erst mit ihrem Eigensinne manchen armen Jungen gequält, und in reifem Jahren sich unter den Gehorsam eines alten Offiziers gedukt haben, der gegen diesen Preis und einen leidlichen Unterhalt das ehrne Jahrhundert mit ihr zubrachte, und starb, und nun sieht sie im eisernen sich allein, und würde nicht angesehn, wär ihre Nichte nicht so liebenswürdig.

den 8. Jan. 1772.

Was das für Menschen sind, deren ganze Seele auf dem Ceremoniel ruht, deren Dichten und Trachten Jahre lang dahin geht, wie sie um einen Stuhl weiter hinauf bey Tische sich einschieben wollen. Und nicht, daß die Kerls sonst keine Angelegenheit hätten, nein, vielmehr häufen sich die Arbeiten, eben weil man über die kleinen Verdrüßlichkeiten, von Beförderung der wichtigen Sachen abgehalten wird. Vorige Woche gabs bey der Schlittenfahrt Händel, und der ganze Spas wurde verdorben.

Die Thoren, die nicht sehen, daß es eigentlich auf den Plaz gar nicht ankommt, und daß der, der den ersten hat, so selten die erste Rolle spielt! Wie mancher König wird durch seinen Minister, wie mancher Minister durch seinen Sekretär regiert. Und wer ist dann der Erste? der, dünkt mich, der die andern übersieht, und so viel Gewalt oder List hat, ihre Kräfte und Leidenschaften zu Ausführung seiner Plane anzuspannen.

am 20. Jan.

Ich muß Ihnen schreiben, liebe Lotte, hier in der Stube einer geringen Bauernherberge, in die ich mich vor einem schweren Wetter geflüchtet habe. So lange ich in dem traurigen Neste D.. unter dem fremden, meinem Herzen ganz fremden Volke, herumziehe, hab' ich keinen Augenblik gehabt, keinen, an dem mein Herz mich geheissen hätte Ihnen zu schreiben. Und jezt in dieser Hütte, in dieser Einsamkeit, in dieser Einschränkung, da Schnee und Schlossen wider mein Fenstergen wüthen, hier waren Sie mein erster Gedanke. Wie ich herein trat, überfiel mich Ihre Gestalt, Ihr Andenken.

O Lotte! so heilig, so warm! Guter Gott! der erste glükliche Augenblik wieder.

Wenn Sie mich sähen meine Beste, in dem Schwall von Zerstreuung! Wie ausgetroknet meine Sinnen werden, nicht Einen Augenblik der Fülle des Herzens, nicht Eine selige thränenreiche Stunde. Nichts! Nichts! Ich stehe wie vor einem Raritätenkasten, und sehe die Männgen und Gäulgen vor mir herumrükken, und frage mich oft, ob's nicht optischer Betrug ist. Ich spiele mit, vielmehr, ich werde gespielt wie eine Marionette, und fasse manchmal meinen Nachbar an der hölzernen Hand und schaudere zurük.

Ein einzig weiblich Geschöpf hab ich hier gefunden. Eine Fräulein von B.. Sie gleicht Ihnen liebe Lotte, wenn man Ihnen gleichen kann. Ey! werden Sie sagen: der Mensch legt sich auf niedliche Komplimente! Ganz unwahr ist's nicht. Seit einiger Zeit bin ich sehr artig, weil ich doch nicht anders seyn kann, habe viel Wiz, und die Frauenzimmer sagen: es wüste niemand so fein zu loben als ich (und zu lügen, sezzen Sie hinzu, denn ohne das geht's nicht ab, verstehen Sie:) Ich wollte von Fräulein B.. reden! Sie hat viel Seele, die voll aus ihren blauen Augen hervorblikt, ihr Stand ist ihr zur Last, der keinen der Wünsche ihres Herzens befriedigt. Sie sehnt sich aus dem Getümmel, und wir verphantasiren manche Stunde in ländlichen Scenen von ungemischter Glükseligkeit, ach! und von Ihnen! Wie oft muß sie Ihnen huldigen. Muß nicht, thut's freywillig, hört so gern von Ihnen, liebt Sie –

O säs ich zu Ihren Füssen in dem lieben vertraulichen Zimmergen, und unsere kleinen Lieben wälzten sich miteinander um mich herum, und wenn sie Ihnen zu laut würden, wollt ich sie mit einem schauerlichen Mährgen um mich zur Ruhe versammlen. Die Sonne geht herrlich unter über der schneeglänzenden Gegend, der Sturm ist hinüber gezogen. Und ich – muß mich wieder in meinen Käfig sperren. Adieu! Ist Albert bey Ihnen? Und wie –? Gott verzeihe mir diese Frage!

am 17. Febr.

Ich fürchte, mein Gesandter und ich, haltens nicht lange mehr zusammen aus. Der Mensch ist ganz und gar unerträglich. Seine Art zu arbeiten und Geschäfte zu treiben ist so lächerlich, daß ich mich nicht enthalten kann ihm zu widersprechen, und oft eine Sache nach meinem Kopfe und Art zu machen, das ihm denn, wie natürlich, niemals recht ist. Darüber hat er mich neulich bey Hofe verklagt, und der Minister gab mir einen zwar sanften Verweis, aber es war doch ein Verweis, und ich stand im Begriffe, meinen Abschied zu begehren, als ich einen Privatbrief *) von ihm erhielt, einen Brief, vor dem ich mich niedergekniet, und den hohen, edlen, weisen Sinn angebetet habe, wie er meine allzugrosse Empfindlichkeit zurechte weißt, wie er meine überspannte Ideen von Würksamkeit, von Einfluß auf andre, von Durchdringen in Geschälten als jugendlichen guten Muth zwar ehrt, sie nicht auszurotten, nur zu mildern und dahin zu leiten sucht, wo sie ihr wahres Spiel haben, ihre kräftige Würkung thun können. Auch bin ich auf acht Tage gestärkt, und in mir selbst einig geworden. Die Ruhe der Seele ist ein herrlich Ding, und die Freude an sich selbst, lieber Freund, wenn nur das Ding nicht eben so zerbrechlich wäre, als es schön und kostbar ist.

am 20. Febr.

Gott segne euch, meine Lieben, geb euch all die guten Tage, die er mir abzieht.

*) Man hat aus Ehrfurcht für diesen treflichen Mann, gedachten Brief, und einen andern, dessen weiter hinten erwehnt wird, dieser Sammlung entzogen, weil man nicht glaubte, solche Kühnheit durch den wärmsten Dank des Publikums entschuldigen zu können.

Ich danke dir Albert, daß du mich betrogen hast, ich wartete auf Nachricht, wann euer Hochzeittag seyn würde, und hatte mir vorgenommen, feyerlichst an demselben Lottens Schattenriß von der Wand zu nehmen, und sie unter andere Papiere zu begraben. Nun seyd ihr ein Paar, und ihr Bild ist noch hier! Nun so soll's bleiben! Und warum nicht? Ich weis, ich bin ja auch bey euch, bin dir unbeschadet in Lottens Herzen. Habe, ja ich habe den zweyten Plaz drinne, und will und muß ihn behalten. O ich würde rasend werden, wenn sie vergessen könnte – Albert in dem Gedanken liegt eine Hölle. Albert! Leb wohl. Leb wohl, Engel des Himmels, leb wohl, Lotte!

am 15. Merz.

Ich hab einen Verdruß gehabt, der mich von hier wegtreiben wird, ich knirsche mit den Zähnen! Teufel! Er ist nicht zu ersezzen, und ihr seyd doch allein schuld daran, die ihr mich sporntet und triebt und quältet, mich in einen Posten zu begeben, der nicht nach meinem Sinne war. Nun hab ich's nun habt ihr's. Und daß du nicht wieder sagst: meine überspannten Ideen verdürben alles; so hast du hier lieber Herr, eine Erzählung, plan und nett, wie ein Chronikenschreiber das aufzeichnen würde.

Der Graf v. C. liebt mich, distingwirt mich, das ist bekannt, das hab ich dir schon hundertmal gesagt. Nun war ich bey ihm zu Tische gestern, eben an dem Tage, da Abends die noble Gesellschaft von Herren und Frauen bey ihm zusammenkommt, an die ich nie gedacht hab, auch mir nie aufgefallen ist, daß wir Subalternen nicht hinein gehören. Gut. Ich speise beym Grafen und nach Tische gehn wir im grossen Saale auf und ab, ich rede mit ihm, mit dem Obrist B. der dazu kommt, und so rükt die Stunde der Gesellschaft heran. Ich denke, Gott weis, an nichts. Da tritt herein die übergnädige Dame von S.. mit Dero Herrn Gemahl und wohl ausgebrüteten Gänslein Tochter mit der flachen Brust und niedlichem Schnürleib, machen en passant ihre hergebrachten hochadlichen Augen und Naslöcher, und wie mir die Nation von Herzen zuwider ist, wollt ich eben mich empfehlen, und wartete nur, bis der Graf vom garstigen Gewäsche frey wäre, als eben meine Fräulein B.. herein trat, da mir denn das Herz immer ein bißgen aufgeht, wenn ich sie sehe, blieb ich eben, stellte mich hinter ihren Stuhl, und bemerkte erst nach einiger Zeit, daß sie mit weniger Offenheit als sonst, mit einiger Verlegenheit mit mir redte. Das fiel mir auf. Ist sie auch wie all das Volk, dacht ich, hohl sie der Teufel! und war angestochen und wollte gehn, und doch blieb ich, weil ich intriguirt war, das Ding näher zu beleuchten. Ueber dem füllt sich die Gesellschaft. Der Baron F.. mit der ganzen Garderobe von den Krönungszeiten Franz des ersten her, der Hofrath R.. hier aber in qualitate Herr von R.. genannt mit seiner tauben Frau &c. den übel fournirten J. nicht zu vergessen, bey dessen Kleidung, Reste des altfränkischen mit dem neu'st aufgebrachten kontrastiren &c. das kommt all und ich rede mit einigen meiner Bekanntschaft, die alle sehr lakonisch sind, ich dachte – und gab nur auf meine B.. acht. Ich merkte nicht, daß die Weiber am Ende des Saals sich in die Ohren pisperten, daß es auf die Männer zirkulirte, daß Frau von S.. mit dem Grafen redte (das alles hat mir Fräulein B.. nachher erzählt:) biß endlich der Graf auf mich losgieng und mich in ein Fenster nahm. Sie wissen sagt er, unsere wunderbaren Verhältnisse, die Gesellschaft ist unzufrieden, merk ich, sie hier zu sehn, ich wollte nicht um alles – Ihro Excellenz, fiel ich ein, ich bitte tausendmal um Verzeihung, ich hätte eher dran denken sollen, und ich weis, Sie verzeihen mir diese Inkonsequenz, ich wollte schon vorhin mich empfehlen, ein böser Genius hat mich zurük gehalten, sezte ich lächelnd hinzu, indem ich mich neigte. Der Graf drükte meine Hände mit einer Empfindung, die alles sagte. Ich machte der vornehmen Gesellschaft mein Compliment, gieng und sezte mich in ein Cabriolet und fuhr nach M.. dort vom Hügel die Sonne untergehen zu sehen, und dabey in meinem Homer den herrlichen Gesang zu lesen, wie Ulyß von dem treflichen Schweinhirten bewirthet wird. Das war all gut.

Des Abends komm ich zurük zu Tische. Es waren noch wenige in der Gaststube, die würfelten auf einer Ekke, hatten das Tischtuch zurük geschlagen. Da kommt der ehrliche A.. hinein, legt seinen Hut nieder, indem er mich ansieht, tritt zu mir und sagt leise: Du hast Verdruß gehabt? Ich? sagt ich – der Graf hat dich aus der Gesellschaft gewiesen – Hol sie der Teufel, sagt ich, mir war's lieb, daß ich in die freye Luft kam – Gut, sagt er, daß du's auf die leichte Achsel nimmst. Nur verdrießt mich's. Es ist schon überall herum. – Da fieng mir das Ding erst an zu wurmen. Alle die zu Tische kamen und mich ansahen, dacht ich die sehen dich darum an! Das fieng an mir böses Blut zu sezzen.

Und da man nun heute gar wo ich hintrete mich bedauert, da ich höre, daß meine Neider nun triumphiren und sagen: Da sähe man's, wo's mit den Uebermüthigen hinausgieng, die sich ihres bißgen Kopfs überhüben und glaubten, sich darum über alle Verhältnisse hinaussezzen zu dürfen, und was des Hundegeschwäzzes mehr ist. Da möchte man sich ein Messer in's Herz bohren.

Denn man rede von Selbstständigkeit was man will, den will ich sehn der dulden kann, daß Schurken über ihn reden, wenn sie eine Prise über ihn haben. Wenn ihr Geschwätz leer ist, ach! da kann man sie leicht lassen.

am 16. Merz.

Es hezt mich alles! Heut tref ich die Fräulein B.. in der Allee. Ich konnte mich nicht enthalten sie anzureden, und ihr, sobald wir etwas entfernt von der Gesellschaft waren, meine Empfindlichkeit über ihr neuliches Betragen zu zeigen. O Werther, sagte sie mit einem innigen Tone, konnten Sie meine Verwirrung so auslegen, da Sie mein Herz kennen. Was ich gelitten habe um ihrentwillen, von dem Augenblikke an, da ich in den Saal trat. Ich sah' alles voraus, hundertmal saß mir's auf der Zunge, es Ihnen zu sagen, ich wußte, daß die von S.. und T.. mit ihren Männern eher aufbrechen würden, als in Ihrer Gesellschaft zu bleiben, ich wußte, daß der Graf es nicht mit Ihnen verderben darf, und jezo der Lärm – Wie Fräulein? sagt' ich, und verbarg meinen Schrekken, denn alles, was Adelin mir ehgestern gesagt hatte, lief mir wie siedend Wasser durch die Adern in diesem Augenblikke. – Was hat mich's schon gekostet! sagte das süsse Geschöpf, indem ihr die Thränen in den Augen stunden. Ich war nicht Herr mehr von mir selbst, war im Begriff, mich ihr zu Füssen zu werfen. Erklären sie sich, ruft ich: Die Thränen liefen ihr die Wangen herunter, ich war ausser mir. Sie troknete sie ab, ohne sie verbergen zu wollen. Meine Tante kennen sie, fieng sie an; sie war gegenwärtig, und hat, o mit was für Augen hat sie das angesehn. Werther, ich habe gestern Nacht ausgestanden, und heute früh eine Predigt über meinen Umgang mit Ihnen, und ich habe müssen zuhören Sie herabsezzen, erniedrigen, und konnte und durfte Sie nur halb vertheidigen.

Jedes Wort, das sie sprach, gieng mir wie Schwerder durch's Herz. Sie fühlte nicht, welche Barmherzigkeit es gewesen wäre, mir das alles zu verschweigen, und nun fügte sie noch all dazu, was weiter würde geträtscht werden, was die schlechten Kerls alle darüber triumphiren würden. Wie man nunmehro meinen Uebermuth und Geringschäzzung andrer, das sie mir schon lange vorwerfen, gestraft, erniedrigt ausschreien würde. Das alles, Wilhelm, von ihr zu hören, mit der Stimme der wahrsten Theilnehmung. Ich war zerstört, und bin noch wüthend in mir. Ich wollte, daß sich einer unterstünde mir's vorzuwerfen, daß ich ihm den Degen durch den Leib stossen könnte! Wenn ich Blut sähe würde mir's besser werden. Ach ich hab hundertmal ein Messer ergriffen, um diesem gedrängten Herzen Luft zu machen. Man erzählt von einer edlen Art Pferde, die, wenn sie schröklich erhizt und aufgejagt sind, sich selbst aus Instinkt eine Ader aufbeissen, um sich zum Athem zu helfen. So ist mir's oft, ich möchte mir eine Ader öfnen, die mir die ewige Freyheit schaffte.

am 24. Merz.

Ich habe meine Dimißion bey Hofe verlangt, und werde sie, hoff ich erhalten, und ihr werdet mir verzeihen, daß ich nicht erst Permißion dazu bey euch geholt habe. Ich mußte nun einmal fort, und was ihr zu sagen hattet, um mir das Bleiben einzureden weis ich all, und also – Bring das meiner Mutter in einem Säftgen bey, ich kann mir selbst nicht helfen, also mag sie sich's gefallen lassen, wenn ich ihr auch nicht helfen kann. Freylich muß es ihr weh thun. Den schönen Lauf, den ihr Sohn grad zum Geheimderath und Gesandten ansezte, so auf einmal Halte zu sehen, und rükwärts mit dem Thiergen in Stall. Macht nun draus was ihr wollt und kombinirt die mögliche Fälle, unter denen ich hätte bleiben können und sollen. Genug ich gehe. Und damit ihr wißt wo ich hinkomme, so ist hier der Fürst ** der viel Geschmak an meiner Gesellschaft findet, der hat mich gebeten, da er von meiner Absicht hörte, mit ihm auf seine Güter zu gehen, und den schönen Frühling da zuzubringen. Ich soll ganz mir selbst gelassen seyn, hat er mir versprochen, und da wir uns zusammen bis auf einen gewissen Punkt verstehn, so will ich's denn auf gut Glük wagen, und mit ihm gehn.

den 19. April.

Zur Nachricht.

Danke für deine beyden Briefe. Ich antwortete nicht, weil ich diesen Brief liegen ließ, bis mein Abschied von Hofe da wäre, weil ich fürchtete, meine Mutter möchte sich an den Minister wenden und mir mein Vorhaben erschweren. Nun aber ist's geschehen, mein Abschied ist da. Ich mag euch nicht sagen, wie ungern man mir ihn gegeben hat, und was mir der Minister schreibt, ihr würdet in neue Lamentationen ausbrechen. Der Erbprinz hat mir zum Abschiede fünf und zwanzig Dukaten geschikt, mit einem Wort, das mich bis zu Thränen gerührt hat. Also braucht die Mutter mir das Geld nicht zu schikken, um das ich neulich schrieb.

am 5. May.

Morgen geh ich von hier ab, und weil mein Geburtsort nur sechs Meilen vom Wege liegt, so will ich den auch wieder sehen, will mich der alten glüklich verträumten Tage erinnern. Zu eben dem Thore will ich hineingehn, aus dem meine Mutter mit mir herausfuhr, als sie nach dem Tode meines Vaters den lieben vertraulichen Ort verließ, um sich in ihre unerträgliche Stadt einzusperren. Adieu, Wilhelm, du sollst von meinem Zuge hören.

am 9. May.

Ich habe die Wallfahrt nach meiner Heimath mit aller Andacht eines Pilgrims vollendet, und manche unerwartete Gefühle haben mich ergriffen. An der grossen Linde, die eine Viertelstunde vor der Stadt nach S.. zusteht, ließ ich halten, stieg aus und hieß den Postillion fortfahren, um zu Fusse jede Erinnerung ganz neu, lebhaft nach meinem Herzen zu kosten. Da stand ich nun unter der Linde, die ehedessen als Knabe das Ziel und die Gränze meiner Spaziergänge gewesen. Wie anders! Damals sehnt ich mich in glüklicher Unwissenheit hinaus in die unbekannte Welt, wo ich für mein Herz alle die Nahrung, alle den Genuß hoffte, dessen Ermangeln ich so oft in meinem Busen fühlte. Jezt kam ich zurük aus der weiten Welt – O mein Freund, mit wie viel fehlgeschlagenen Hofnungen, mit wie viel zerstörten Planen! – Ich sah das Gebürge vor mir liegen, das so tausendmal der Gegenstand meiner Wünsche gewesen. Stundenlang konnte ich hier sizzen, und mich hinüber sehnen, mit inniger Seele mich in denen Wäldern, denen Thälern verliehren, die sich meinen Augen so freundlich dämmernd darstellten – und wenn ich denn nun die bestimmte Zeit wieder zurük mußte, mit welchem Widerwillen verließ ich nicht den lieben Plaz! Ich kam der Stadt näher, alle alte bekannte Gartenhäusgen wurden von mir gegrüßt, die neuen waren mir zuwider, so auch alle Veränderungen, die man sonst vorgenommen hatte. Ich trat zum Thore hinein, und fand mich doch gleich und ganz wieder. Lieber, ich mag nicht in's Detail gehn, so reizend als es mir war, so einförmig würde es in der Erzählung werden. Ich hatte beschlossen auf dem Markte zu wohnen, gleich neben unserm alten Hause. Im Hingehen bemerkte ich daß die Schulstube, wo ein ehrlich altes Weib unsere Kindheit zusammengepfercht hatte, in einen Kram verwandelt war. Ich erinnerte mich der Unruhe, der Thränen, der Dumpfheit des Sinnes, der Herzensangst, die ich in dem Loche ausgestanden hatte – Ich that keinen Schritt, der nicht merkwürdig war. Ein Pilger im heiligen Lande trifft nicht so viel Stäten religioser Erinnerung, und seine Seele ist schwerlich so voll heiliger Bewegung. – Noch eins für tausend. Ich gieng den Fluß hinab, bis an einen gewissen Hof, das war sonst auch mein Weg, und die Pläzgen da wir Knaben uns übten, die meisten Sprünge der flachen Steine im Wasser hervorzubringen. Ich erinnere mich so lebhaft, wenn ich manchmal stand, und dem Wasser nachsah, mit wie wunderbaren Ahndungen ich das verfolgte, wie abenteuerlich ich mir die Gegenden vorstellte, wo es nun hinflösse, und wie ich da so bald Grenzen meiner Vorstellungskraft fand, und doch mußte das weiter gehn, immer weiter, bis ich mich ganz in dem Anschauen einer unsichtbaren Ferne verlohr. Siehe mein Lieber, das ist doch eben das Gefühl der herrlichen Altväter! Wenn Ulyß von dem ungemessenen Meere, und von der unendlichen Erde spricht, ist das nicht wahrer, menschlicher, inniger, als wenn jezzo jeder Schulknabe sich wunder weise dünkt, wenn er nachsagen kann, daß sie rund sey.

Nun bin ich hier auf dem fürstlichen Jagdschlosse. Es läßt sich noch ganz wohl mit dem Herrn leben, er ist ganz wahr, und einfach. Was mir noch manchmal leid thut, ist, daß er oft über Sachen redt, die er nur gehört und gelesen hat, und zwar aus eben dem Gesichtspunkte, wie sie ihm der andere darstellen mochte.

Auch schäzt er meinen Verstand und Talente mehr als dies Herz, das doch mein einziger Stolz ist, das ganz allein die Quelle von allem ist, aller Kraft, aller Seligkeit und alles Elends. Ach was ich weis, kann jeder wissen. – Mein Herz hab ich allein.

am 25. May.

Ich hatte etwas im Kopfe, davon ich euch nichts sagen wollte, bis es ausgeführt wäre, jezt da nichts draus wird, ist's eben so gut. Ich wollte in Krieg! Das hat mir lang am Herzen gelegen. Vornehmlich darum bin ich dem Fürsten hieher gefolgt, der General in ***schen Diensten ist. Auf einem Spaziergange entdekte ich ihm mein Vorhaben, er widerrieth mir's, und es müßte bey mir mehr Leidenschaft als Grille gewesen seyn, wenn ich seinen Gründen nicht hätte Gehör geben wollen.

am 11. Juni.

Sag was Du willst, ich kann nicht länger bleiben. Was soll ich hier? Die Zeit wird mir lang. Der Fürst hält mich wie seines Gleichen gut, und doch bin ich nicht in meiner Lage. Und dann, wir haben im Grunde nichts gemeines mit einander. Er ist ein Mann von Verstande, aber von ganz gemeinem Verstande, sein Umgang unterhält mich nicht mehr, als wenn ich ein wohlgeschrieben Buch lese. Noch acht Tage bleib ich, und dann zieh ich wieder in der Irre herum. Das beste, was ich hier gethan habe, ist mein Zeichnen. Und der Fürst fühlt in der Kunst, und würde noch stärker fühlen, wenn er nicht durch das garstige, wissenschaftliche Wesen, und durch die gewöhnliche Terminologie eingeschränkt wäre. Manchmal knirsch ich mit den Zähnen, wenn ich ihn mit warmer Imagination so an Natur und Kunst herum führe und er's auf einmal recht gut zu machen denkt, wenn er mit einem gestempelten Kunstworte drein tölpelt.

am 18. Juni.

Wo ich hin will? Das laß Dir im Vertrauen eröfnen. Vierzehn Tage muß ich doch noch hier bleiben, und dann hab ich mir weis gemacht, daß ich die Bergwerke in **schen besuchen wollte, ist aber im Grunde nichts dran, ich will nur Lotten wieder näher, das ist alles. Und ich lache über mein eigen Herz – und thu ihm seinen Willen.

am 29. Juli.

Nein es ist gut! Es ist alles gut! Ich ihr Mann! O Gott, der du mich machtest, wenn du mir diese Seligkeit bereitet hättest, mein ganzes Leben sollte ein anhaltendes Gebet seyn. Ich will nicht rechten, und verzeih mir diese Thränen, verzeih mir meine vergebliche Wünsche. – Sie meine Frau! Wenn ich das liebste Geschöpf unter der Sonne in meine Arme geschlossen hätte – Es geht mir ein Schauder durch den ganzen Körper, Wilhelm, wenn Albert sie um den schlanken Leib faßt.

Und, darf ich's sagen? Warum nicht, Wilhelm, sie wäre mit mir glüklicher geworden als mit ihm! O er ist nicht der Mensch, die Wünsche dieses Herzens alle zu füllen. Ein gewisser Mangel an Fühlbarkeit, ein Mangel – nimm's wie du willst, daß sein Herz nicht sympathetisch schlägt bey – Oh! – bey der Stelle eines lieben Buchs, wo mein Herz und Lottens in einem zusammen treffen. In hundert andern Vorfällen, wenn's kommt, daß unsere Empfindungen über eine Handlung eines dritten laut werden. Lieber Wilhelm! – Zwar er liebt sie von ganzer Seele, und so eine Liebe was verdient die nicht –

Ein unerträglicher Mensch hat mich unterbrochen. Meine Thränen sind getroknet. Ich bin zerstreut. Adieu Lieber.

am 4. August.

Es geht mir nicht allein so. Alle Menschen werden in ihren Hofnungen getäuscht, in ihren Erwartungen betrogen. Ich besuchte mein gutes Weib unter der Linde. Der ältste Bub lief mir entgegen, sein Freudengeschrey führte die Mutter herbey, die sehr niedergeschlagen aussah. Ihr erstes Wort war: Guter Herr! ach mein Hanns ist mir gestorben, es war der jüngste ihrer Knaben, ich war stille, und mein Mann sagte sie, ist aus der Schweiz zurük, und hat nichts mit gebracht, und ohne gute

Leute hätte er sich heraus betteln müssen. Er hatte das Fieber kriegt unterwegs. Ich konnte ihr nichts sagen, und schenkte dem kleinen was, sie bat mich einige Aepfel anzunehmen, das ich that und den Ort des traurigen Andenkens verließ.

am 21. Aug.

Wie man eine Hand umwendet, ist's anders mit mir. Manchmal will so ein freudiger Blik des Lebens wieder aufdämmern, ach nur für einen Augenblik! Wenn ich mich so in Träumen verliehre, kann ich mich des Gedankens nicht erwehren: Wie, wenn Albert stürbe! Du würdest! ja sie würde – und dann lauf ich dem Hirngespinste nach, bis es mich an Abgründe führt, vor denen ich zurükbebe.

Wenn ich so dem Thore hinaus gehe, den Weg den ich zum erstenmal fuhr, Lotten zum Tanze zu holen, wie war das all so anders! Alles, alles ist vorüber gegangen! Kein Wink der vorigen Welt, kein Pulsschlag meines damaligen Gefühls. Mir ist's, wie's einem Geiste seyn müßte, der in das versengte verstörte Schloß zurükkehrte, das er als blühender Fürst einst gebaut und mit allen Gaben der Herrlichkeit ausgestattet, sterbend seinem geliebten Sohne hoffnungsvoll hinterlassen.

am 3. September.

Ich begreife manchmal nicht, wie sie ein anderer lieb haben kann, lieb haben darf, da ich sie so ganz allein, so innig, so voll liebe, nichts anders kenne, noch weis, noch habe als sie.

am 6. Sept.

Es hat schwer gehalten, bis ich mich entschloß, meinen blauen einfachen Frak, in dem ich mit Lotten zum erstenmal tanzte, abzulegen, er ward aber zulezt gar unscheinbar. Auch hab ich mir einen machen lassen, ganz wie den vorigen, Kragen und Aufschlag und auch wieder so gelbe West und Hosen dazu.

Ganz will's es doch nicht thun. Ich weis nicht – Ich denke mit der Zeit soll mir der auch lieber werden.

am 15. Sept.

Man möchte sich dem Teufel ergeben, Wilhelm, über all die Hunde, die Gott auf Erden duldet, ohne Sinn und Gefühl an dem wenigen, was drauf noch was werth ist. Du kennst die Nußbäume, unter denen ich bey dem ehrlichen Pfarren zu St.., mit Lotten gesessen, die herrlichen Nußbäume, die mich, Gott weis, immer mit dem grösten Seelenvergnügen füllten. Wie vertraulich sie den Pfarrhof machten, wie kühl und wie herrlich die Aeste waren. Und die Erinnerung bis zu die guten Kerls von Pfarrers, die sie von so viel Jahren pflanzten. Der Schulmeister hat uns den einen Namen oft genannt, den er von seinem Grosvater gehört hatte, und so ein braver Mann soll er gewesen seyn, und sein Andenken war mir immer heilig, unter den Bäumen. Ich sage Dir, dem Schulmeister standen die Thränen in den Augen, da wir gestern davon redeten, daß sie abgehauen worden – Abgehauen! Ich möchte rasend werden, ich könnte den Hund ermorden, der den ersten Hieb dran that. Ich, der ich könnte mich vertrauren, wenn so ein paar Bäume in meinem Hofe stünden, und einer davon stürbe vor Alter ab, ich muß so zusehn. Lieber Schaz, eins ist doch dabey! Was Menschengefühl ist! Das ganze Dorf murrt, und ich hoffe, die Frau Pfarrern soll's an Butter und Eyern und übrigem Zutrauen spüren, was für eine Wunde sie ihrem Orte gegeben hat. Denn sie ist's, die Frau des neuen Pfarrers, unser Alter ist auch gestorben, ein hageres, kränkliches Thier, das sehr Ursache hat an der Welt keinen Antheil zu nehmen, denn niemand nimmt Antheil an ihr. Eine Frazze, die sich abgiebt gelehrt zu seyn, sich in die Untersuchung des Canons melirt, gar viel an der neumodischen moralisch kritischen Reformation des Christenthums arbeitet, und über Lavaters Schwärmereyen die Achseln zukt, eine ganz zerrüttete Gesundheit hat, und auf Gottes Erdboden deswegen keine Freude. So ein Ding war's auch allein, um meine Nußbäume abzuhauen. Siehst du, ich komme nicht zu mir! Stelle dir vor, die abfallenden Blätter machen ihr den Hof unrein und dumpfig, die Bäume nehmen ihr das Tageslicht, und wenn die Nüsse reif sind, so werfen die Knaben mit Steinen darnach, und das fällt ihr auf die Nerven, und das stört sie in ihren tiefen Ueberlegungen, wenn sie Kennikot, Semler und Michaelis, gegen einander abwiegt. Da ich die Leute im Dorfe, besonders die Alten, so unzufrieden sah, sagt' ich: warum habt ihr's gelitten? – Wenn der Schulz will, hier zu Lande, sagten sie, was kann man machen. Aber eins ist recht geschehn, der Schulz und der Pfarrer, der doch auch von seiner Frauen Grillen, die ihm so die Suppen nicht fett machen, etwas haben wollte, dachtens mit einander zu theilen, da erfuhr's die Kammer und sagte: hier herein! und verkaufte die Bäume an den Meistbietenden. Sie liegen! O wenn ich Fürst wäre! Ich wollt die Pfarrern, den Schulzen und die Kammer – Fürst! – Ja wenn ich Fürst wäre, was kümmerten mich die Bäume in meinem Lande.

am 10. Oktober.

Wenn ich nur ihre schwarzen Augen sehe, ist mirs schon wohl! Sieh, und was mich verdrüst, ist, daß Albert nicht so beglükt zu seyn scheinet, als er – hoffte – als ich – zu seyn glaubte – wenn – Ich mache nicht gern Gedankenstriche, aber hier kann ich mich nicht anders ausdrukken – und mich dünkt deutlich genug.

am 12. Oktober.

Ossian hat in meinem Herzen den Homer verdrängt. Welch eine Welt, in die der Herrliche mich führt. Zu wandern über die Haide, umsaußt vom Sturmwinde, der in dampfenden Nebeln, die Geister der Väter im dämmernden Lichte des Mondes hinführt. Zu hören vom Gebürge her, im Gebrülle des Waldstroms, halb verwehtes Aechzen der Geister aus ihren Hölen, und die Wehklagen des zu Tode gejammerten Mädgens, um die vier moosbedekten, grasbewachsnen Steine des edelgefallnen ihres Geliebten. Wenn ich ihn denn finde, den wandelnden grauen Barden, der auf der weiten Haide die Fustapfen seiner Väter sucht und ach! ihre Grabsteine findet. Und dann jammernd nach dem lieben Sterne des Abends hinblikt, der sich in's rollende Meer verbirgt, und die Zeiten der Vergangenheit in des Helden Seele lebendig werden, da noch der freundliche Stral den Gefahren der Tapfern leuchtete, und der Mond ihr bekränztes, siegrükkehrendes Schiff beschien. Wenn ich so den tiefen Kummer auf seiner Stirne lese, so den lezten verlaßnen Herrlichen in aller Ermattung dem Grabe zu wanken sehe, wie er immer neue schmerzlich glühende Freuden in der kraftlosen Gegenwart der Schatten seiner Abgeschiedenen einsaugt, und nach der kalten Erde dem hohen wehenden Grase niedersieht, und ausruft: Der Wanderer wird kommen, kommen, der mich kannte in meiner Schönheit und fragen, wo ist der Sänger, Fingals treflicher Sohn? Sein Fustritt geht über mein Grab hin, und er fragt vergebens nach mir auf der Erde. O Freund! ich möchte gleich einem edlen Waffenträger das Schwerd ziehen und meinen Fürsten von der zükkenden Quaal des langsam absterbenden Lebens auf einmal befreyen, und dem befreyten Halbgott meine Seele nachsenden.

am 19. Oktober.

Ach diese Lükke! Diese entsezliche Lükke, die ich hier in meinem Busen fühle! ich denke oft! – Wenn du sie nur einmal, nur einmal an dieses Herz drükken könntest. All diese Lükke würde ausgefüllt seyn.

am 26. Oktober.

Ja es wird mir gewiß, Lieber! gewiß und immer gewisser, daß an dem Daseyn eines Geschöpfs so wenig gelegen ist, ganz wenig. Es kam eine Freundinn zu Lotten, und ich gieng herein in's Nebenzimmer, ein Buch zu nehmen, und konnte nicht lesen, und dann nahm ich eine Feder zu schreiben. Ich hörte sie leise reden, sie erzählten einander insofern unbedeutende Sachen, Stadtneuigkeiten: wie diese heyrathet, wie jene krank, sehr krank ist. Sie hat einen troknen Husten, die Knochen stehn ihr zum Gesichte heraus, und kriegt Ohnmachten, ich gebe keinen Kreuzer für ihr Leben, sagte die eine. Der N.N. ist auch so übel dran, sagte Lotte. Er ist schon geschwollen, sagte die andre. Und meine lebhafte Einbildungskraft versezte mich an's Bette dieser Armen, ich sah sie, mit welchem Widerwillen sie dem Leben den Rükken wandten, wie sie – Wilhelm, und meine Weibgens redeten davon, wie man eben davon redt: daß ein Fremder stirbt. – Und wenn ich mich umsehe, und seh das Zimmer an, und ringsum mich Lottens Kleider, hier ihre Ohrringe auf dem Tischgen, und Alberts Scripturen und diese Meubels, denen ich nun so befreundet bin, so gar diesem Dintenfaß; und denke: Sieh, was du nun diesem Hause bist! Alles in allem. Deine Freunde ehren dich! Du machst oft ihre Freude, und deinem Herzen scheint's, als wenn es ohne sie nicht seyn könnte, und doch – wenn du nun giengst? wenn du aus diesem Kreise schiedest, würden sie? wie lange würden sie die Lükke fühlen, die dein Verlust in ihr Schiksal reißt? wie lang? – O so vergänglich ist der Mensch, daß er auch da, wo er seines Daseyns eigentliche Gewißheit hat, da, wo er den einzigen wahren Eindruk seiner Gegenwart macht; in dem Andenken in der Seele seiner Lieben, daß er auch da verlöschen, verschwinden muß, und das – so bald!

am 27. Oktober.

Ich möchte mir oft die Brust zerreissen und das Gehirn einstoßen, daß man einander so wenig seyn kann. Ach die Liebe und Freude und Wärme und Wonne, die ich nicht hinzu bringe, wird mir der andre nicht geben, und mit einem ganzen Herzen voll Seligkeit, werd ich den andern nicht beglükken der kalt und kraftlos vor mir steht.

am 30. Oktober.

Wenn ich nicht schon hundertmal auf dem Punkte gestanden bin ihr um den Hals zu fallen. Weis der große Gott, wie einem das thut, so viel Liebenswürdigkeit vor sich herumkreuzen zu sehn und nicht zugreifen zu dürfen. Und das Zugreifen ist doch der natürlichste Trieb der Menschheit. Greifen die Kinder nicht nach allem was ihnen in Sinn fällt? Und ich?

am 3. November.

Weis Gott, ich lege mich so oft zu Bette mit dem Wunsche, ja manchmal mit der Hofnung, nicht wieder zu erwachen, und Morgens schlag ich die Augen auf, sehe die Sonne wieder, und bin elend. O daß ich launisch seyn könnte, könnte die Schuld aufs Wetter, auf einen dritten, auf eine fehlgeschlagene Unternehmung schieben; so würde die unerträgliche Last des Unwillens doch nur halb auf mir ruhen. Weh mir, ich fühle zu wahr, daß an mir allein alle Schuld liegt, – nicht Schuld! Genug daß in mir die Quelle alles Elendes verborgen ist, wie es ehemals die Quelle aller Seligkeiten war. Bin ich nicht noch eben derselbe, der ehemals in aller Fülle der Empfindung herumschwebte, dem auf jedem Tritte ein Paradies folgte, der ein Herz hatte, eine ganze Welt liebevoll zu umfassen. Und das Herz ist jezo todt, aus ihm fließen keine Entzükkungen mehr, meine Augen sind trokken, und meine Sinnen, die nicht mehr von erquikkenden Thränen gelabt werden, ziehen ängstlich meine Stirne zusammen. Ich leide viel, denn ich habe verlohren was meines Lebens einzige Wonne war, die heilige belebende Kraft, mit der ich Welten um mich schuf. Sie ist dahin! – Wenn ich zu meinem Fenster hinaus an den fernen Hügel sehe, wie die Morgensonne über ihn her den Nebel durchbricht und den stillen

Wiesengrund bescheint, und der sanfte Fluß zwischen seinen entblätterten Weiden zu mir herschlängelt, o wenn da diese herrliche Natur so starr vor mir steht wie ein lakirt Bildgen, und all die Wonne keinen Tropfen Seligkeit aus meinem Herzen herauf in das Gehirn pumpen kann, und der ganze Kerl vor Gottes Angesicht steht wie ein versiegter Brunn, wie ein verlechter Eymer! Ich habe mich so oft auf den Boden geworfen und Gott um Thränen gebeten, wie ein Akkersmann um Regen, wenn der Himmel ehern über ihm ist, und um ihn die Erde verdürstet.

Aber, ach ich fühls! Gott giebt Regen und Sonnenschein nicht unserm ungestümen Bitten, und jene Zeiten, deren Andenken mich quält, warum waren sie so selig? als weil ich mit Geduld seinen Geist erwartete, und die Wonne, die er über mich ausgoß mit ganzem, innig dankbarem Herzen aufnahm.

am 8. Nov.

Sie hat mir meine Exzesse vorgeworfen! Ach mit so viel Liebenswürdigkeit! Meine Exzesse, daß ich mich manchmal von einem Glas Wein verleiten lasse, eine Bouteille zu trinken. Thun Sie's nicht! sagte sie, denken Sie an Lotten! – Denken! sagt' ich, brauchen Sie mir das zu heissen? Ich denke! – Ich denke nicht! Sie sind immer vor meiner Seelen. Heut saß ich an dem Flekke, wo Sie neulich aus der Kutsche stiegen – Sie redte was anders, um mich nicht tiefer in den Text kommen zu lassen. Bester, ich bin dahin! Sie kann mit mir machen was sie will.

am 15. Nov.

Ich danke Dir, Wilhelm, für Deinen herzlichen Antheil, für Deinen wohlmeynenden Rath, und bitte Dich, ruhig zu seyn. Laß mich ausdulden, ich habe bey all meiner Müdseligkeit noch Kraft genug durchzusezzen. Ich ehre die Religion, das weist Du, ich fühle, daß sie manchem Ermatteten Stab, manchem Verschmachtenden Erquickung ist. Nur – kann sie denn, muß sie denn das einem jeden seyn? Wenn Du die große Welt ansiehst; so siehst du Tausende, denen sie's nicht war, Tausende denen sie's nicht seyn wird, gepredigt oder ungepredigt, und muß sie mir's denn seyn? Sagt nicht selbst der Sohn Gottes: daß die um ihn seyn würden, die ihm der Vater gegeben hat. Wenn ich ihm nun nicht gegeben bin! Wenn mich nun der Vater für sich behalten will, wie mir mein Herz sagt! Ich bitte Dich, lege das nicht falsch aus, sieh nicht etwa Spott in diesen unschuldigen Worten, es ist meine ganze Seele, die ich dir vorlege. Sonst wollt ich lieber, ich hätte geschwiegen, wie ich denn über all das, wovon jedermann so wenig weis als ich, nicht gern ein Wort verliehre. Was ist's anders als Menschenschiksal, sein Maas auszuleiden, seinen Becher auszutrinken. – Und ward der Kelch dem Gott vom Himmel auf seiner Menschenlippe zu bitter, warum soll ich gros thun und mich stellen, als schmekte er mir süsse. Und warum sollte ich mich schämen, in dem schröklichen Augenblikke, da mein ganzes Wesen zwischen Seyn und Nichtseyn zittert, da die Vergangenheit wie ein Bliz über dem finstern Abgrunde der Zukunft leuchtet, und alles um mich her versinkt, und mit mir die Welt untergeht. – Ist es da nicht die Stimme der ganz in sich gedrängten, sich selbst ermangelnden, und unaufhaltsam hinabstürzenden Creatur, in den innern Tiefen ihrer vergebens aufarbeitenden Kräfte zu knirschen. Mein Gott! Mein Gott! warum hast du mich verlassen? Und sollt ich mich des Ausdruks schämen, sollte mir's vor dem Augenblikke bange seyn, da ihm der nicht entgieng, der die Himmel zusammenrollt wie ein Tuch.

am 21. Nov.

Sie sieht nicht, sie fohlt nicht, daß sie einen Gift bereitet, der mich und sie zu Grunde richten wird. Und ich mit voller Wollust schlurfe den Becher aus, den sie mir zu meinem Verderben reicht. Was soll der gütige Blik, mit dem sie mich oft – oft? – nein nicht oft, aber doch manchmal ansieht, die Gefälligkeit, womit sie einen unwillkührlichen Ausdruk meines Gefühls aufnimmt, das Mitleiden mit meiner Duldung, das sich auf ihrer Stirne zeichnet.

Gestern als ich weggieng, reichte sie mir die Hand und sagte: Adieu, lieber Werther! Lieber Werther! Es war das erstemal, daß sie mich Lieber hies, und mir giengs durch Mark und Bein. Ich hab mir's hundertmal wiederholt und gestern Nacht da ich in's Bette gehen wollte, und mit mir selbst allerley schwazte, sag ich so auf einmal: gute Nacht, lieber Werther! Und mußte hernach selbst über mich lachen.

am 24. Nov.

Sie fühlt, was ich dulde. Heut ist mir ihr Blik tief durch's Herz gedrungen. Ich fand sie allein. Ich sagte nichts und sie sah mich an. Und ich sah nicht mehr in ihr die liebliche Schönheit, nicht mehr das Leuchten des treflichen Geistes; das war all vor meinen Augen verschwunden. Ein weit herrlicherer Blik würkte auf mich, voll Ausdruk des innigsten Antheils des süßten Mitleidens. Warum durft' ich mich nicht ihr zu Füssen werfen! warum durft ich nicht an ihrem Halse mit tausend Küssen antworten – Sie nahm ihre Zuflucht zum Claviere und hauchte mit süsser leiser Stimme harmonische Laute zu ihrem Spiele. Nie hab ich ihre Lippen so reizend gesehn, es war, als wenn sie sich lechzend öffneten, jene süsse Töne in sich zu schlürfen, die aus dem Instrumente hervorquollen, und nur der heimliche Wiederschall aus dem süssen Munde zurücklänge – Ja wenn ich dir das so sagen könnte! Ich widerstund nicht länger, neigte mich und schwur: Nie will ich's wagen, einen Kuß euch einzudrükken Lippen, auf denen die Geister des Himmels schweben – Und doch – ich will – Ha siehst du, das steht wie eine Scheidewand vor meiner Seelen – diese Seligkeit – und da untergegangen, die Sünde abzubüssen – Sünde?

am 30. Nov.

Ich soll, ich soll nicht zu mir selbst kommen, wo ich hintrete, begegnet mir eine Erscheinung, die mich aus aller Fassung bringt. Heut! O Schiksal! O Menschheit!

Ich gehe an dem Wasser hin in der Mittagsstunde, ich hatte keine Lust zu essen. Alles war so öde, ein naßkalter Abendwind blies vom Berge, und die grauen Regenwolken zogen das Thal hinein. Von ferne seh ich einen Menschen in einem grünen schlechten Rokke, der zwischen den Felsen herumkrabelte und Kräuter zu suchen schien. Als ich näher zu ihm kam und er sich auf das Geräusch, das ich machte, herumdrehte, sah ich eine gar interessante Physiognomie, darinn eine stille Trauer den Hauptzug machte, die aber sonst nichts als einen graden guten Sinn ausdrükte, seine schwarzen Haare waren mit Nadeln in zwey Rollen gestekt, und die übrigen in einen starken Zopf geflochten, der ihm den Rükken herunter hieng. Da mir seine Kleidung einen Menschen von geringem Stande zu bezeichnen schien, glaubt' ich, er würde es nicht übel nehmen, wenn ich auf seine Beschäftigung aufmerksam wäre, und daher fragte ich ihn, was er suchte? Ich suche, antwortete er mit einem tiefen Seufzer, Blumen – und finde keine – Das ist auch die Jahrszeit nicht, sagt' ich lächelnd. – Es giebt so viel Blumen, sagt er, indem er zu mir herunter kam. In meinem Garten sind Rosen und Je länger ie lieber zweyerley Sorten, eine hat mir mein Vater gegeben, sie wachsen wie's Unkraut, ich suche schon zwey Tage darnach, und kann sie nicht finden. Da haußen sind auch immer Blumen, gelbe und blaue und rothe, und das Tausend Güldenkraut hat ein schön Blümgen. Keines kann ich finden. Ich merkte was unheimliches, und drum fragte ich durch einen Umweg: Was will er denn mit den Blumen? Ein wunderbares zukkendes Lächlen verzog sein Gesicht. Wenn er mich nicht verrathen will, sagt er, indem er den Finger auf den Mund drükte, ich habe meinem Schazze einen Straus versprochen. Das ist brav, sagt ich. O sagt' er, sie hat viel andre Sachen, sie ist reich. Und doch hat sie seinen Straus lieb, versezt ich. O! fuhr er fort, sie hat Juwelen und eine Krone. Wie heißt sie denn? – Wenn mich die Generalstaaten bezahlen wollten! versezte er, ich wär ein anderer Mensch! Ja es war einmal eine Zeit, da mir's so wohl war. Jezt ist's aus mit mir, ich bin nun – Ein nasser Blik zum Himmel drükte alles aus. Er war also glüklich? fragt ich. Ach ich wollt ich wäre wieder so! sagt' er, da war mir's so wohl, so lustig, so leicht wie ein Fisch im Wasser! Heinrich! rufte eine alte Frau, die den Weg herkam. Heinrich, wo stikst du. Wir haben dich überall gesucht. Komm zum Essen. Ist das euer Sohn? fragt' ich zu ihr tretend. Wohl mein armer Sohn, versezte sie. Gott hat mir ein schweres Kreuz aufgelegt. Wie lang ist er so? fragt ich. So stille, sagte sie, ist er nun ein halb Jahr. Gott sey Dank, daß es nur so weit ist. Vorher war er ein ganz Jahr rasend, da hat er an Ketten im Tollhause gelegen. Jezt thut er niemand nichts, nur hat er immer mit Königen und Kaysern zu thun. Es war ein so guter stiller Mensch, der mich ernähren half, seine schöne Hand schrieb, und auf einmal wird er tiefsinnig, fällt in ein hitzig Fieber, daraus in Raserey, und nun ist er, wie sie ihn sehen. Wenn ich ihm erzählen sollt, Herr – Ich unterbrach ihren Strom von Erzählungen mit der Frage: was denn das für eine Zeit wäre von der er so rühmte, daß er so glüklich, so wohl darinn gewesen wäre. Der thörige Mensch, rief sie mit mitleidigem Lächlen, da meint er die Zeit, da er von sich war, das rühmt er immer! Das ist die Zeit, da er im Tollhause war, wo er nichts von sich wußte – Das fiel mir auf wie ein Donnerschlag, ich drükte ihr ein Stük Geld in die Hand und verließ sie eilend.

Da du glüklich warst! rief ich aus, schnell vor mich hin nach der Stadt zu gehend. Da dir's wohl war wie einem Fisch im Wasser! – Gott im Himmel! Hast du das zum Schiksaal der Menschen gemacht, daß sie nicht glüklich sind, als eh sie zu ihrem Verstande kommen, und wenn sie ihn wieder verliehren! Elender und auch wie beneid ich deinen Trübsinn, die Verwirrung deiner Sinne, in der du verschmachtest! Du gehst hoffnungsvoll aus, deiner Königin Blumen zu pflükken – im Winter – und traurest, da du keine findest, und begreifst nicht warum, du keine finden kannst. Und ich – und ich gehe ohne Hoffnung ohne Zwek heraus, und kehr wieder heim wie ich gekommen bin. – Du wähnst, welcher Mensch du seyn würdest wenn die Generalstaaten dich bezahlten. Seliges Geschöpf, das den Mangel seiner Glükseligkeit einer irdischen Hinderniß zuschreiben kann. – Du fühlst nicht! Du fühlst nicht! daß in deinem zerstörten Herzen, in deinem zerrütteten Gehirne dein Elend liegt, wovon alle Könige der Erde dir nicht helfen können.

Müsse der trostlos umkommen, der eines Kranken spottet, der nach der entferntesten Quelle reist die seine Krankheit vermehren, sein Ausleben schmerzhafter machen wird, der sich über das bedrängte Herz erhebt, das, um seine Gewissensbisse los zu werden und die Leiden seiner Seele abzuthun, seine Pilgrimschaft nach dem heiligen Grabe thut! Jeder Fußtritt der seine Solen auf ungebahntem Wege durchschneidet, ist ein Lindrungstropfen der geängsteten Seele, und mit jeder ausgedauerten Tagreise legt sich das Herz um viel Bedrängniß leichter nieder. – Und dürft ihr das Wahn nennen – Ihr Wortkrämer auf euren Polstern – Wahn! – O Gott! du siehst meine Thränen – Mußtest du, der du den Menschen arm genug erschufst, ihm auch Brüder zugeben, die ihm das bisgen Armuth, das bisgen Vertrauen noch raubten, das er auf dich hat, auf dich, du Allliebender, denn das Vertrauen zu einer heilenden Wurzel, zu den Thränen des Weinstoks, was ist's, als Vertrauen zu dir, daß du in alles, was uns umgiebt, Heil und Lindrungskraft gelegt hast, der wir so stündlich bedürfen. – Vater, den ich nicht kenne! Vater, der sonst meine ganze Seele füllte, und nun sein Angesicht von mir gewendet hat! Rufe mich zu dir! Schweige nicht länger! Dein Schweigen wird diese durstende Seele nicht aufhalten – Und würde ein Mensch, ein Vater zürnen können, dem sein unvermuthet rük kehrender Sohn um den Hals fiele und rief: Ich bin wieder da mein Vater. Zürne nicht, daß ich die Wanderschaft abbreche, die ich nach deinem Willen länger aushaken sollte. Die Welt ist überall einerley, auf Müh und Arbeit, Lohn und Freude; aber was soll mir das? mir ist nur wohl wo du bist, und vor deinem Angesichte will ich leiden und gemessen – Und du, lieber himmlischer Vater, solltest ihn von dir weisen?

am 1. Dez.

Wilhelm! der Mensch, von dem ich dir schrieb, der glükliche Unglükliche, war Schreiber bey Lottens Vater, und eine unglükliche Leidenschaft zu ihr, die er nährte, verbarg, entdekte, und aus dem Dienst geschikt wurde, hat ihn rasend gemacht. Fühle Kerl, bey diesen troknen Worten, mit welchem Unsinne mich die Geschichte ergriffen hat, da mir sie Albert eben so gelassen erzählte, als dus' vielleicht liesest.

am 4. Dez.

Ich bitte dich – siehst du, mit mir ist's aus – Ich trag das all nicht länger. Heut sas ich bey ihr – sas, sie spielte auf ihrem Clavier, manchfaltige Melodien und all den Ausdruk! all! all! – Was willst du? – Ihr Schwestergen puzte ihre Puppe auf meinem Knie. Mir kamen die Thränen in die Augen. Ich neigte mich und ihr Trauring fiel mir in's Gesicht – Meine Thränen flossen – Und auf einmal fiel sie in die alte himmelsüsse Melodie ein, so auf einmal, und mir durch die Seele gehn ein Trostgefühl und eine Erinnerung all des Vergangenen, all der Zeiten, da ich das Lied gehört, all der düstern Zwischenräume des Verdrusses, der fehlgeschlagenen Hoffnungen, und dann – Ich gieng in der Stube auf und nieder, mein Herz erstikte unter all dem. Um Gottes Willen, sagt ich mit einem heftigen Ausbruch hin gegen sie fahrend, um Gottes Willen hören sie auf. Sie hielt, und sah mich starr an. Werther, sagte sie, mit einem Lächlen, das mir durch die Seele gieng, Werther, sie sind sehr krank, ihre Lieblingsgerichte widerstehen ihnen. Gehen sie! Ich bitte sie, beruhigen sie sich. Ich riß mich von ihr weg, und – Gott! du siehst mein Elend, und wirst es enden.

am 6. Dez.

Wie mich die Gestalt verfolgt. Wachend und träumend füllt sie meine ganze Seele. Hier, wenn ich die Augen schliesse, hier in meiner Stirne, wo die innere Sehkraft sich vereinigt, stehen ihre schwarzen Augen. Hier! Ich kann dir's nicht ausdrükken. Mach ich meine Augen zu, so sind sie da, wie ein Meer, wie ein Abgrund ruhen sie vor mir, in mir, füllen die Sinnen meiner Stirne.

Was ist der Mensch? der gepriesene Halbgott! Ermangeln ihm nicht da eben, die Kräfte wo er sie am nöthigsten braucht? Und wenn er in Freude sich aufschwingt, oder im Leiden versinkt, wird er nicht in beyden eben da aufgehalten, eben da wieder zu dem stumpfen kalten Bewustseyn zurük gebracht, da er sich in der Fülle des Unendlichen zu verliehren sehnte.

am 8. Dez.

Lieber Wilhelm, ich bin in einem Zustande, in dem jene Unglüklichen müssen gewesen seyn, von denen man glaubte, sie würden von einem bösen Geiste umher getrieben. Manchmal ergreift mich's, es ist nicht Angst, nicht Begier! es ist ein inneres unbekanntes Toben, das meine Brust zu zerreissen droht, das mir die Gurgel zupreßt! Wehe! Wehe! Und dann schweif ich umher in den furchtbaren nächtlichen Scenen dieser menschenfeindlichen Jahrszeit.

Gestern Nacht mußt ich hinaus. Ich hatte noch Abends gehört, der Fluß sey übergetreten und die Bäche all, und von Wahlheim herunter all mein Liebesthal überschwemmt. Nachts nach eilf rannt ich hinaus. Ein fürchterliches Schauspiel. Vom Fels herunter die wühlenden Fluthen in dem Mondlichte wirbeln zu sehn, über Aekker und Wiesen und Hekken und alles, und das weite Thal hinauf und hinab eine stürmende See im Sausen des Windes. Und wenn denn der Mond wieder hervortrat und über der schwarzen Wolke ruhte, und vor mir hinaus die Fluth in fürchterlich herrlichen Wiederschein rollte und klang, da überfiel mich ein Schauer, und wieder ein Sehnen! Ach! Mit offenen Armen stand ich gegen den Abgrund, und athmete hinab! hinab, und verlohr mich in der Wonne, all meine Quaalen all mein Leiden da hinab zu stürmen, dahin zu brausen wie die Wellen. Oh! Und den Fuß vom Boden zu heben! Vermochtest du nicht und alle Qualen zu enden! – Meine Uhr ist noch nicht ausgelaufen – ich, fühl's! O Wilhelm, wie gern hätt ich all mein Menschseyn drum gegeben, mit jenem Sturmwinde die Wolken zu zerreissen, die Fluthen zu fassen. Ha! Und wird nicht vielleicht dem Eingekerkerten einmal diese Wonne zu Theil! –

Und wie ich wehmüthig hinab sah auf ein Pläzgen, wo ich mit Lotten unter einer Weide geruht, auf einem heissen Spaziergange, das war auch überschwemmt, und kaum daß ich die Weide erkannte! Wilhelm. Und ihre Wiesen, dacht ich, und all die Gegend um ihr Jagdhaus, wie jezt vom reissenden Strome, verstört unsere Lauben, dacht ich. Und der Vergangenheit Sonnenstrahl blikte herein – Wie einem Gefangenen ein Traum von Heerden, Wiesen und Ehrenämtern. Ich stand! – Ich schelte mich nicht, denn ich habe Muth zu sterben – Ich hätte – Nun siz ich hier wie ein altes Weib, das ihr Holz an Zäunen stoppelt, und ihr Brod an den Thüren, um ihr hinsterbendes freudloses Daseyn noch einen Augenblik zu verlängern und zu erleichtern.

am 17. Dez.

Was ist das, mein Lieber? Ich erschrekke vor mir selbst! Ist nicht meine Liebe zu ihr die heiligste, reinste, brüderlichste Liebe? Hab ich jemals einen strafbaren Wunsch in meiner Seele gefühlt – ich will nicht betheuren – und nun – Träume! O wie wahr fühlten die Menschen, die so widersprechende Würkungen fremden Mächten zuschrieben. Diese Nacht! Ich zittere es zu sagen, hielt ich sie in meinen Armen, fest an meinen Busen gedrükt und dekte ihren lieben lispelnden Mund mit unendlichen Küssen. Mein Auge schwamm in der Trunkenheit des ihrigen. Gott! bin ich strafbar, daß ich auch jezt noch eine Seligkeit fühle, mir diese glühende Freuden mit voller Innigkeit zurük zu rufen, Lotte! Lotte! – Und mit mir ist's aus! Meine Sinnen verwirren sich. Schon acht Tage hab ich keine Besinnungskraft, meine Augen sind voll Thränen. Ich bin nirgends wohl, und überall wohl. Ich wünsche nichts, verlange nichts. Mir wärs besser ich gienge.

DER HERAUSGEBER
an den Leser.

Die ausführliche Geschichte der lezten merkwürdigen Tage unsers Freundes zu liefern, seh ich mich genöthiget seine Briefe durch Erzählung zu unterbrechen, wozu ich den Stof aus dem Munde Lottens, Albertens, seines Bedienten, und anderer Zeugen gesammlet habe.

Werthers Leidenschaft hatte den Frieden zwischen Alberten und seiner Frau allmählig untergraben, dieser liebte sie mit der ruhigen Treue eines rechtschafnen Manns, und der freundliche Umgang mit ihr subordinirte sich nach und nach seinen Geschäften. Zwar wollte er sich nicht den Unterschied gestehen, der die gegenwärtige Zeit den Bräutigams-Tagen so ungleich machte: doch fühlte er innerlich einen gewissen Widerwillen gegen Werthers Aufmerksamkeiten für Lotten, die ihn zugleich ein Eingriff in seine Rechte und ein stiller Vorwurf zu seyn scheinen mußten. Dadurch ward der üble Humor vermehrt, den ihm seine überhäuften, gehinderten, schlecht belohnten Geschäfte manchmal gaben, und da denn Werthers Lage auch ihn zum traurigen Gesellschafter machte, indem die Beängstigung seines Herzens, die übrige Kräfte seines Geistes, seine Lebhaftigkeit, seinen Scharfsinn aufgezehrt hatte; so konnte es nicht fehlen daß Lotte zulezt selbst mit angestekt wurde, und in eine Art von Schwermuth verfiel, in der Albert eine wachsende Leidenschaft für ihren Liebhaber, und Werther einen tiefen Verdruß über das veränderte Betragen ihres Mannes zu entdekken glaubte. Das Mistrauen, womit die beyden Freunde einander ansahen, machte ihnen ihre wechselseitige Gegenwart höchst beschwerlich. Albert mied das Zimmer seiner Frau, wenn Werther bey ihr war, und dieser, der es merkte, ergriff nach einigen fruchtlosen Versuchen ganz von ihr zu lassen, die Gelegenheit, sie in solchen Stunden zu sehen, da ihr Mann von seinen Geschäften gehalten wurde. Daraus entstund neue Unzufriedenheit, die Gemüther verhezten sich immer mehr gegen einander, bis zulezt Albert seiner Frau mit ziemlich troknen Worten sagte: sie möchte, wenigstens um der Leute willen, dem Umgange mit Werthern eine andere Wendung geben, und seine allzuöfteren Besuche abschneiden.

Ohngefähr um diese Zeit hatte sich der Entschluß, diese Welt zu verlassen, in der Seele des armen Jungen näher bestimmt. Es war von je her seine Lieblingsidee gewesen, mit der er sich, besonders seit der Rükkehr zu Lotten, immer getragen.

Doch sollte es keine übereilte, keine rasche That seyn, er wollte mit der besten Ueberzeugung, mit der möglichsten ruhigen Entschlossenheit diesen Schritt thun.

Seine Zweifel, sein Streit mit sich selbst, blikken aus einem Zettelgen hervor, das wahrscheinlich ein angefangener Brief an Wilhelmen ist, und ohne Datum, unter seinen Papieren gefunden worden.

Ihre Gegenwart, ihr Schiksal, ihr Theilnehmen an dem meinigen, preßt noch die lezten Thränen aus meinem versengten Gehirn.

Den Vorhang aufzuheben und dahinter zu treten, das ist's all! Und warum das Zaudern und Zagen? – Weil man nicht weis, wie's dahinten aussieht? – und man nicht zurükkehrt? – Und daß das nun die Eigenschaft unseres Geistes ist, da Verwirrung und Finsterniß zu ahnden, wovon wir nichts Bestimmtes wissen.

Den Verdruß, den er bey der Gesandtschaft gehabt, konnte er nicht vergessen. Er erwähnte dessen selten, doch wenn es auch auf die entfernteste Weise geschah, so konnte man fühlen, daß er seine Ehre dadurch unwiederbringlich gekränkt hielte, und daß ihm dieser Vorfall eine Abneigung gegen alle Geschäfte und politische Wirksamkeit gegeben hatte. Daher überließ er sich ganz der wunderbaren Empfind- und Denkensart, die wir aus seinen Briefen kennen, und einer endlosen Leidenschaft, worüber noch endlich alles, was thätige Kraft an ihm war, verlöschen mußte. Das ewige einerley eines traurigen Umgangs mit dem liebenswürdigen und geliebten Geschöpfe, dessen Ruhe er störte, das stürmende Abarbeiten seiner Kräfte, ohne Zwek und Aussicht, drängten ihn endlich zu der schröklichen That.

am 20. Dec.

Ich danke Deiner Liebe, Wilhelm, daß Du das Wort so aufgefangen hast. Ja Du hast recht: Mir wäre besser, ich gienge. Der Vorschlag, den Du zu einer Rükkehr zu euch thust, gefällt mir nicht ganz, wenigstens möcht ich noch gern einen Umweg machen, besonders da wir anhaltenden Frost und gute Wege zu hoffen haben. Auch ist mir's sehr lieb, daß Du kommen willst, mich abzuholen, verzieh nur noch vierzehn Tage, und erwarte noch einen Brief von mir mit dem weitern. Es ist nöthig, daß nichts gepflükt werde, eh es reif ist. Und vierzehn Tage auf oder ab thun viel. Meiner Mutter sollst Du sagen: daß sie für ihren Sohn beten soll und daß ich sie um Vergebung bitte, wegen all des Verdrusses, den ich ihr gemacht habe. Das war nun mein Schiksal, die zu betrüben, denen ich Freude schuldig war. Leb wohl, mein Theuerster. Allen Segen des Himmels über Dich! Leb wohl!

An eben dem Tage, es war der Sonntag vor Weihnachten, kam er Abends zu Lotten, und fand sie allein. Sie beschäftigte sich, einige Spielwerke in Ordnung zu bringen, die sie ihren kleinen Geschwistern zum Christgeschenke zurecht gemacht hatte. Er redete von dem Vergnügen, das die Kleinen haben würden, und von den Zeiten, da einen die unerwartete Oeffnung der Thüre, und die Erscheinung eines aufgepuzten Baums mit Wachslichtern, Zukkerwerk und Aepfeln, in paradisische Entzükkung sezte. Sie sollen, sagte Lotte, indem sie ihre Verlegenheit unter ein liebes Lächeln verbarg: Sie sollen auch bescheert kriegen, wenn Sie recht geschikt sind, ein Wachsstökgen und noch was. Und was heißen Sie geschikt seyn? rief er aus, wie soll ich seyn, wie kann ich seyn, beste Lotte? Donnerstag Abend, sagte sie, ist Weyhnachtsabend, da kommen die Kinder, mein Vater auch, da kriegt jedes das seinige, da kommen Sie auch – aber nicht eher. – Werther stuzte! – Ich bitte Sie, fuhr sie fort, es ist nun einmal so, ich bitte Sie um meiner Ruhe willen, es kann nicht, es kann nicht so bleiben! – Er wendete seine Augen von ihr, gieng in der Stube auf und ab, und murmelte das: es kann nicht so bleiben! zwischen den Zähnen. Lotte, die den schröklichen Zustand fühlte, worinn ihn diese Worte versezt hatten, suchte durch allerley Fragen seine Gedanken abzulenken, aber vergebens: Nein, Lotte, rief er aus: ich werde Sie nicht wieder sehn! – Warum das? versezte sie, Werther, Sie können, Sie müssen uns wieder sehen, nur mässigen Sie sich. O! warum mußten Sie mit dieser Heftigkeit, dieser unbezwinglich haftenden Leidenschaft für alles, das Sie einmal anfassen, gebohren werden. Ich bitte Sie, fuhr sie fort, indem sie ihn bey der Hand nahm, mässigen Sie sich, Ihr Geist, Ihre Wissenschaft, Ihre Talente, was bieten die Ihnen für mannigfaltige Ergözzungen dar! seyn Sie ein Mann, wenden Sie diese traurige Anhänglichkeit von einem Geschöpfe, das nichts thun kann als Sie bedauren. – Er knirrte mit den Zähnen, und sah sie düster an. Sie hielt seine Hand: Nur einen Augenblik ruhigen Sinn, Werther, sagte sie. Fühlen Sie nicht, daß Sie sich betrügen, sich mit Willen zu Grunde richten?

Warum denn mich! Werther! Just mich! das Eigenthum eines andern. Just das! Ich fürchte, ich fürchte, es ist nur die Unmöglichkeit mich zu besizzen, die Ihnen diesen Wunsch so reizend macht. Er zog seine Hand aus der ihrigen, indem er sie mit einem starren unwilligen Blikke ansah. Weise! rief er, sehr weise! hat vielleicht Albert diese Anmerkung gemacht? Politisch! sehr politisch! – Es kann sie jeder machen, versezte sie drauf. Und sollte denn in der weiten Welt kein Mädgen seyn, das die Wünsche Ihres Herzens erfüllte. Gewinnen Sie's über sich, suchen Sie darnach, und ich schwöre Ihnen, Sie werden sie finden. Denn schon lange ängstet mich für Sie und uns die Einschränkung, in die Sie sich diese Zeit her selbst gebannt haben. Gewinnen Sie's über sich! Eine Reise wird Sie, muß Sie zerstreuen! Suchen Sie, finden Sie einen werthen Gegenstand all Ihrer Liebe, und kehren Sie zurük, und lassen Sie uns zusammen die Seligkeit einer wahren Freundschaft genießen.

Das könnte man, sagte er mit einem kalten Lachen, drukken lassen, und allen Hofmeistern empfehlen. Liebe Lotte, lassen Sie mir noch ein klein wenig Ruh, es wird alles werden. – Nur das Werther! daß Sie nicht eher kommen als Weyhnachtsabend! – Er wollte antworten, und Albert trat in die Stube. Man bot sich einen frostigen guten Abend, und gieng verlegen im Zimmer neben einander auf und nieder. Werther fieng einen unbedeutenden Diskurs an, der bald aus war, Albert desgleichen, der sodann seine Frau nach einigen Aufträgen fragte, und als er hörte, sie seyen noch nicht ausgerichtet, ihr spizze Reden gab, die Werthern durch's Herz giengen. Er wollte gehn, er konnte nicht und zauderte bis Acht, da sich denn der Unmuth und Unwillen an einander immer vermehrte, bis der Tisch gedekt wurde und er Huth und Stok nahm, da ihm denn Albert ein unbedeutend Kompliment, ob er nicht mit ihnen vorlieb nehmen wollte? mit auf den Weg gab.

Er kam nach Hause, nahm seinem Burschen, der ihm leuchten wollte, das Licht aus der Hand, und gieng allein in sein Zimmer, weinte laut, redete aufgebracht mit sich selbst, gieng heftig die Stube auf und ab, und warf sich endlich in seinen Kleidern auf's Bette, wo ihn der Bediente fand, der es gegen Eilf wagte hinein zu gehn, um zu fragen, ob er dem Herrn die Stiefel ausziehen sollte, das er denn zuließ und dem Diener verbot, des andern Morgens nicht in's Zimmer zu kommen, bis er ihm rufte.

Montags früh, den ein und zwanzigsten December, schrieb er folgenden Brief an Lotten, den man nach seinem Tode versiegelt auf seinem Schreibtische gefunden und ihr überbracht hat, und den ich Absazweise hier einrükken will, so wie aus den Umständen erhellet, daß er ihn geschrieben habe.

Es ist beschlossen, Lotte, ich will sterben, und das schreib ich Dir ohne romantische Ueberspannung gelassen, an dem Morgen des Tags, an dem ich Dich zum lezten mal sehn werde. Wenn Du dieses liesest, meine Beste, dekt schon das kühle Grab die erstarrten Reste des Unruhigen, Unglüklichen, der für die lezten Augenblikke seines Lebens keine grössere Süssigkeit weis, als sich mit Dir zu unterhalten. Ich habe eine schrökliche Nacht gehabt, und ach eine wohlthätige Nacht, sie ist's, die meinen wankenden Entschluß befestiget, bestimmt hat: ich will sterben. Wie ich mich gestern von Dir riß, in der fürchterlichen Empörung meiner Sinnen, wie sich all all das nach meinem Herzen drängte, und mein hoffnungloses, freudloses Daseyn neben Dir, in gräßlicher Kälte mich anpakte; ich erreichte kaum mein Zimmer, ich warf mich ausser mir auf meine Knie, und o Gott! du gewährtest mir das lezte Labsal der bittersten Thränen, und tausend Anschläge, tausend Aussichten wütheten durch meine Seele, und zuletzt stand er da, fest ganz der lezte einzige Gedanke: Ich will sterben! – Ich legte mich nieder, und Morgens, in all der Ruh des Erwachens, steht er noch fest, noch ganz stark in meinem Herzen: Ich will sterben! – Es ist nicht Verzweiflung, es ist Gewißheit, daß ich ausgetragen habe, und daß ich mich opfere für Dich, ja Lotte, warum sollt ich's verschweigen: eins von uns dreyen muß hinweg, und das will ich seyn. O meine Beste, in diesem zerrissenen Herzen ist es wüthend herum geschlichen, oft – Deinen Mann zu ermorden! – Dich! – mich! – So sey's denn! – Wenn du hinauf steigst auf den Berg, an einem schönen Sommerabende, dann erinnere Dich meiner, wie ich so oft das Thal herauf kam, und dann blikke nach dem Kirchhofe hinüber nach meinem Grabe, wie der Wind das hohe Gras im Schein der sinkenden Sonne, hin und her wiegt. – Ich war ruhig da ich anfieng, und nun wein ich wie ein Kind, da mir all das so lebhaft um mich wird. – Gegen zehn Uhr rufte Werther seinem Bedienten, und unter dem Anziehen sagte er ihm: wie er in einigen Tagen verreisen würde, er solle daher die Kleider auskehren, und alles zum Einpakken zurechte machen, auch gab er ihm Befehl, überall Contis zu fordern, einige ausgeliehene Bücher abzuholen, und einigen Armen, denen er wöchentlich etwas zu geben gewohnt war, ihr Zugetheiltes auf zwey Monathe voraus zu bezahlen.

Er ließ sich das Essen auf die Stube bringen, und nach Tische ritt er hinaus zum Amtmanne, den er nicht zu Hause antraf. Er gieng tiefsinnig im Garten auf und ab, und schien noch zulezt alle Schwermuth der Erinnerung auf sich häufen zu wollen.

Die Kleinen ließen ihn nicht lange in Ruhe, sie verfolgten ihn, sprangen an ihn hinauf, erzählten ihm: daß, wenn Morgen und wieder Morgen, und noch ein Tag wäre, daß sie die Christgeschenke bey Lotten holten, und erzählten ihm Wunder, die sich ihre kleine Einbildungskraft versprach. Morgen! rief er aus, und wieder Morgen, und noch ein Tag! Und küßte sie alle herzlich, und wollte sie verlassen, als ihm der kleine noch was in's Ohr sagen wollte. Der verrieth ihm, daß die großen Brüder hätten schöne Neujahrswünsche geschrieben, so gros, und einen für den Papa, für Albert und Lotte einen, und auch einen für Herrn Werther. Die wollten sie des Neujahrstags früh überreichen.

Das übermannte ihn, er schenkte jedem was, sezte sich zu Pferde, ließ den Alten grüßen, und ritt mit Thränen in den Augen davon.

Gegen fünfe kam er nach Hause, befahl der Magd nach dem Feuer zu sehen, und es bis in die Nacht zu unterhalten. Dem Bedienten hieß er Bücher und Wäsche unten in den Coffer pakken, und die Kleider einnähen. Darauf schrieb er wahrscheinlich folgenden Absaz seines lezten Briefes an Lotten.

Du erwartest mich nicht. Du glaubst, ich würde gehorchen, und erst Weyhnachtsabend Dich wieder sehn. O Lotte! Heut, oder nie mehr. Weyhnachtsabend hältst Du dieses Papier in Deiner Hand, zitterst und benezt es mit Deinen lieben Thränen. Ich will, ich muß! O wie wohl ist mir's, daß ich entschlossen bin.

Um halb sieben gieng er nach Albertens Hause, und fand Lotten allein, die über seinen Besuch sehr erschrokken war. Sie hatte ihrem Manne im Diskurs gesagt, daß Werther vor Weyhnachtsabend nicht wiederkommen würde. Er ließ bald darauf sein Pferd satteln, nahm von ihr Abschied und sagte, er wolle zu einem Beamten in der Nachbarschaft reiten, mit dem er Geschäfte abzuthun habe, und so machte er sich truz der übeln Witterung fort. Lotte, die wohl wußte, daß er dieses Geschäft schon lange verschoben hatte, daß es ihn eine Nacht von Hause halten würde, verstund die Pantomime nur allzu wohl und ward herzlich betrübt darüber. Sie saß in ihrer Einsamkeit, ihr Herz ward weich, sie sah das Vergangene, fühlte all ihren Werth, und ihre Liebe zu ihrem Manne, der nun statt des versprochenen Glüks anfieng das Elend ihres Lebens zu machen. Ihre Gedanken fielen auf Werthern. Sie schalt ihn, und konnte ihn nicht hassen. Ein geheimer Zug hatte ihr ihn vom Anfange ihrer Bekanntschaft theuer gemacht, und nun, nach so viel Zeit, nach so manchen durchlebten Situationen, mußte sein Eindruk unauslöschlich in ihrem Herzen seyn. Ihr gepreßtes Herz machte sich endlich in Thränen Luft und gieng in eine stille Melancholie über, in der sie sich je länger je tiefer verlohr. Aber wie schlug ihr Herz, als sie Werthern die Treppe herauf kommen und außen nach ihr fragen hörte. Es war zu spät, sich verläugnen zu lassen, und sie konnte sich nur halb von ihrer Verwirrung ermannen, als er ins Zimmer trat. Sie haben nicht Wort gehalten! rief sie ihm entgegen. Ich habe nichts versprochen, war seine Antwort. So hätten Sie mir wenigstens meine Bitte gewähren sollen, sagte sie, es war Bitte um unserer beyder Ruhe willen. Indem sie das sprach, hatte sie bey sich überlegt, einige ihrer Freundinnen zu sich rufen zu lassen. Sie sollten Zeugen ihrer Unterredung mit Werthern seyn, und Abends, weil er sie nach Hause führen mußte, ward sie ihn zur rechten Zeit los. Er hatte ihr einige Bücher zurük gebracht, sie fragte nach einigen andern, und suchte das Gespräch in Erwartung ihrer Freundinnen, allgemein zu erhalten, als das Mädgen zurük kam und ihr hinterbrachte, wie sie sich beyde entschuldigen ließen, die eine habe unangenehmen Verwandtenbesuch, und die andere möchte sich nicht anziehen, und in dem schmuzigen Wetter nicht gerne ausgehen.

Darüber ward sie einige Minuten nachdenkend, bis das Gefühl ihrer Unschuld sich mit einigem Stolze empörte. Sie bot Albertens Grillen Truz, und die Reinheit ihres Herzens gab ihr eine Festigkeit, daß sie nicht, wie sie anfangs vorhatte, ihr Mädgen in die Stube rief, sondern, nachdem sie einige Menuets auf dem Clavier gespielt hatte, um sich zu erholen, und die Verwirrung ihres Herzens zu stillen, sich gelassen zu Werthern auf's Canapee sezte. Haben Sie nichts zu lesen, sagte sie. Er hatte nichts. Da drinne in meiner Schublade, fieng sie an, liegt ihre Uebersezzung einiger Gesänge Ossians, ich habe sie noch nicht gelesen, denn ich hoffte immer, sie von Ihnen zu hören, aber zeither sind Sie zu nichts mehr tauglich. Er lächelte, holte die Lieder, ein Schauer überfiel ihn, als er sie in die Hand nahm, und die Augen stunden ihm voll Thränen, als er hinein sah, er sezte sich nieder und las:

Stern der dämmernden Nacht, schön funkelst du in Westen. Hebst dein strahlend Haupt aus deiner Wolke. Wandelst stattlich deinen Hügel hin. Wornach blikst du auf die Haide? Die stürmende Winde haben sich gelegt. Von ferne kommt des Giesbachs Murmeln. Rauschende Wellen spielen am Felsen ferne. Das Gesumme der Abendfliegen schwärmet über's Feld. Wornach siehst du, schönes Licht? Aber du lächelst und gehst, freudig umgeben dich die Wellen und baden dein liebliches Haar. Lebe wohl ruhiger Strahl. Erscheine du herrliches Licht von Ossians Seele.

Und es erscheint in seiner Kraft. Ich sehe meine geschiedene Freunde, sie sammeln sich auf Lora, wie in den Tagen, die vorüber sind. – Fingal kommt wie eine feuchte Nebelsäule; um ihn sind seine Helden. Und sieh die Barden des Gesangs! grauer Ullin! statlicher Ryno! Alpin lieblicher Sänger! Und du sanft klagende Minona! – Wie verändert seyd ihr meine Freunde seit den festlichen Tagen auf Selma! da wir buhlten um die Ehre des Gesangs, wie Frühlingslüfte den Hügel hin wechselnd beugen das schwach lispelnde Gras.

Da trat Minona hervor in ihrer Schönheit, mit niedergeschlagenem Blik und thränenvollem Auge. Ihr Haar floß schwer im unsteten Winde der von dem Hügel hersties. – Düster wards in der Seele der Helden als sie die liebliche Stimme erhub; denn oft hatten sie das Grab Salgars gesehen, oft die finstere Wohnung der weissen Colma. Colma verlassen auf dem Hügel, mit all der harmonischen Stimme. Salgar versprach zu kommen; aber rings um zog sich die Nacht. Höret Colmas Stimme, da sie auf dem Hügel allein saß.

Colma.

Es ist Nacht; – ich bin allein, verlohren auf dem stürmischen Hügel. Der Wind saust im Gebürg, der Strohm heult den Felsen hinab. Keine Hütte schüzt mich vor dem Regen, verlassen auf dem stürmischen Hügel.

Tritt, o Mond, aus deinen Wolken; erscheinet Sterne der Nacht! Leite mich irgend ein Strahl zu dem Orte wo meine Liebe ruht von den Beschwerden der Jagd, sein Bogen neben ihm abgespannt, seine Hunde schnobend um ihn! Aber hier muß ich sizzen allein auf dem Felsen des verwachsenen Strohms. Der Strohm und der Sturm saust, ich höre nicht die Stimme meines Geliebten.

Warum zaudert mein Salgar? Hat er sein Wort vergessen? – Da ist der Fels und der Baum und hier der rauschende Strohm. Mit der Nacht versprachst du hier zu seyn. Ach! wohin hat sich mein Salgar verirrt? Mit dir wollt ich fliehen, verlassen Vater und Bruder! die Stolzen! Lange sind unsere Geschlechter Feinde, aber wir sind keine Feinde, o Salgar.

Schweig eine Weile o Wind, still eine kleine Weile o Strohm, daß meine Stimme klinge durch's Thal, daß mein Wandrer mich höre. Salgar! Ich bin's die ruft. Hier ist der Baum und der Fels. Salgar, mein Lieber, hier bin ich. Warum zauderst du zu kommen?

Sieh, der Mond erscheint. Die Fluth glänzt im Thale. Die Felsen stehn grau den Hügel hinauf. Aber ich seh ihn nicht auf der Höhe. Seine Hunde vor ihm her verkündigen nicht seine Ankunft. Hier muß ich sizzen allein.

Aber wer sind die dort unten liegen auf der Haide – Mein Geliebter? Mein Bruder? – Redet o meine Freunde! Sie antworten nicht. Wie geängstet ist meine Seele

– Ach sie sind todt! – Ihre Schwerdte roth vom Gefecht. O mein Bruder, mein Bruder, warum hast du meinen Salgar erschlagen? O mein Salgar, warum hast du meinen Bruder erschlagen? – Ihr wart mir beyde so lieb! O du warst schön an dem Hügel unter Tausenden; er war schröklich in der Schlacht. Antwortet mir! Hört meine Stimme, meine Geliebten. Aber ach sie sind stumm. Stumm vor ewig. Kalt wie die Erde ist ihr Busen.

O von dem Felsen des Hügels, von dem Gipfel des stürmenden Berges, redet Geister der Todten! Redet! mir soll es nicht grausen! – Wohin seyd ihr zur Ruhe gegangen? In welcher Gruft des Gebürges soll ich euch finden! – Keine schwache Stimme vernehm ich im Wind, keine wehende Antwort im Sturme des Hügels.

Ich sizze in meinem Jammer, ich harre auf den Morgen in meinen Thränen. Wühlet das Grab, ihr Freunde der Todten, aber schließt es nicht, bis ich komme. Mein Leben schwindet wie ein Traum, wie sollt ich zurük bleiben. Hier will ich wohnen mit meinen Freunden an dem Strohme des klingenden Felsen – Wenns Nacht wird auf dem Hügel, und der Wind kommt über die Haide, soll mein Geist im Winde stehn und trauren den Tod meiner Freunde. Der Jäger hört mich aus seiner Laube, fürchtet meine Stimme und liebt sie, den süß soll meine Stimme seyn um meine Freunde, sie waren mir beyde so lieb.

Das war dein Gesang, o Minona, Tormans sanfte erröthende Tochter. Unsere Thränen flossen um Colma, und unsere Seele ward düster – Ullin trat auf mit der Harfe und gab uns Alpins Gesang – Alpins Stimme war freundlich, Rynos Seele ein Feuerstrahl. Aber schon ruhten sie im engen Hause, und ihre Stimme war verhallet in Selma – Einst kehrt Ullin von der Jagd zurük, eh noch die Helden fielen, er hörte ihren Wettegesang auf dem Hügel, ihr Lied war sanft, aber traurig, sie klagten Morars Fall, des ersten der Helden. Seine Seele war wie Fingals Seele; sein Schwerdt wie das Schwerdt Oskars – Aber er fiel und sein Vater jammerte und seiner Schwester Augen waren voll Thränen – Minonas Augen waren voll Thränen, der Schwester des herrlichen Morars. Sie trat zurük vor Ullins Gesang, wie der Mond in Westen, der den Sturmregen voraussieht und sein schönes Haupt in eine Wolke verbirgt. – Ich schlug die Harfe mit Ullin zum Gesange des Jammers.

Ryno.

Vorbey sind Wind und Regen, der Mittag ist so heiter, die Wolken theilen sich. Fliehend bescheint den Hügel die unbeständge Sonne. So röthlich fließt der Strohm des Bergs im Thale hin. Süß ist dein Murmeln Strohm, doch süsser die Stimme, die ich höre. Es ist Alpin's Stimme, er bejammert den Todten. Sein Haupt ist vor Alter gebeugt, und roth sein thränendes Auge. Alpin trefflicher Sänger, warum allein auf dem schweigenden Hügel, warum jammerst du wie ein Windstos im Wald, wie eine Welle am fernen Gestade.

Alpin.

Meine Thränen Ryno, sind für den Todten, meine Stimme für die Bewohner des Grabs. Schlank bist du auf dem Hügel, schön unter den Söhnen der Haide. Aber du wirst fallen wie Morar, und wird der traurende sizzen auf deinem Grabe. Die Hügel werden dich vergessen, dein Bogen in der Halle liegen ungespannt.

Du warst schnell o Morar, wie ein Reh auf dem Hügel, schreklich wie die Nachtfeuer am Himmel, dein

Grimm war ein Sturm. Dein Schwerdt in der Schlacht wie Wetterleuchten über der Haide. Deine Stimme glich dem Waldstrohme nach dem Regen, dem Donner auf fernen Hügeln. Manche fielen vor deinem Arm, die Flamme deines Grimms verzehrte sie. Aber wenn du kehrtest vom Kriege, wie friedlich war deine Stimme! Dein Angesicht war gleich der Sonne nach dem Gewitter, gleich dem Monde in der schweigenden Nacht. Ruhig deine Brust wie der See, wenn sich das Brausen des Windes gelegt hat.

Eng ist nun deine Wohnung, finster deine Stäte. Mit drey Schritten meß ich dein Grab, o du, der du ehe so gros warst! Vier Steine mit mosigen Häuptern sind dein einzig Gedächtniß. Ein entblätterter Baum, lang Gras, das wispelt im Winde, deutet dem Auge des Jägers das Grab des mächtigen Morars. Keine Mutter hast du, dich zu beweinen, kein Mädgen mit Thränen der Liebe. Todt ist, die dich gebahr. Gefallen die Tochter von Morglan.

Wer auf seinem Stabe ist das? Wer ist's, dessen Haupt weis ist vor Alter, dessen Augen roth sind von Thränen? – Es ist dein Vater, o Morar! Der Vater keines Sohns ausser dir! Er hörte von deinem Rufe in der Schlacht; er hörte von zerstobenen Feinden. Er hörte Morars Ruhm! Ach nichts von seiner Wunde? Weine, Vater Morars! Weine! aber dein Sohn hört dich nicht. Tief ist der Schlaf der Todten, niedrig ihr Küssen von Staub. Nimmer achtet er auf die Stimme, nie erwacht er auf deinen Ruf. O wann wird es Morgen im Grabe? zu bieten dem Schlummerer: Erwache!

Lebe wohl, edelster der Menschen, du Eroberer im Felde! Aber nimmer wird dich das Feld sehn, nimmer der düstere Wald leuchten vom Glanze deines Stahls. Du hinterliesest keinen Sohn, aber der Gesang soll deinen Nahmen erhalten. Künftige Zeiten sollen von dir hören, hören sollen sie von dem gefallenen Morar.

Laut ward die Trauer der Helden, am lautsten Armins berstender Seufzer. Ihn erinnert's an den Todt seines Sohns, der fiel in den Tagen seiner Jugend. Carmor sas nah bey dem Helden, der Fürst des hallenden Galmal.

Warum schluchset der Seufzer Armins? sprach er, was ist hier zu weinen? Klingt nicht Lied und Gesang, die Seele zu schmelzen und zu ergözzen. Sind wie sanfter Nebel der steigend vom See aufs Thal sprüht, und die blühenden Blumen füllet das Naß, aber die Sonne kommt wieder in ihrer Kraft und der Nebel ist gangen. Warum bist du so jammervoll, Armin, Herr des seeumflossenen Gorma?

Jammervoll! Wohl das bin ich, und nicht gering die Ursach meines Wehs. – Carmor, du verlohrst keinen Sohn; verlohrst keine blühende Tochter! Colgar der

Tapfere lebt; und Amira, die schönste der Mädgen. Die Zweige deines Hauses blühen, o Carmor, aber Armin ist der lezte seines Stamms. Finster ist dein Bett, o Daura! Dumpf ist dein Schlaf in dem Grabe – Wann erwachst du mit deinen Gesängen, mit deiner melodischen Stimme? Auf! ihr Winde des Herbst, auf! Stürmt über die finstre Haide! Waldströhme braust! Heult Stürme in dem Gipfel der Eichen! Wandle durch gebrochene Wolken o Mond, zeige wechselnd dein bleiches Gesicht! Erinnere mich der schröklichen Nacht, da meine Kinder umkamen, Arindal der mächtige fiel, Daura, die liebe, vergieng.

Daura, meine Tochter, du warst schön! schön wie der Mond auf den Hügeln von Fura; weiß wie der gefallene Schnee, süß wie die athmende Luft. Arindal, dein Bogen war stark, dein Speer schnell auf dem Felde, dein Blik wie Nebel auf der Welle, dein Schild eine Feuerwolke im Sturme. Armar berühmt im Krieg, kam und warb um Dauras Liebe, sie widerstund nicht lange, schön waren die Hoffnungen ihrer Freunde.

Erath, der Sohn Odgals, grollte, denn sein Bruder lag erschlagen von Armar. Er kam in einen Schiffer verkleidet, schön war sein Nachen auf der Welle; weiß seine Lokken vor Alter, ruhig sein ernstes Gesicht. Schönste der Mädgen, sagt er, liebliche Tochter von Armin. Dort am Fels nicht fern in der See, wo die rothe Frucht vom Baume herblinkt, dort wartet Armar auf Daura. Ich komme, seine Liebe zu führen über die rollende See.

Sie folgt ihm, und rief nach Armar. Nichts antwortete als die Stimme des Felsens. Armar mein Lieber, mein Lieber, warum ängstest du mich so? Höre, Sohn Arnats, höre. Daura ist's, die dich ruft!

Erath, der Verräther, floh lachend zum Lande. Sie erhub ihre Stimme, rief nach ihrem Vater und Bruder. Arindal! Armin! Ist keiner, seine Daura zu retten?

Ihre Stimme kam über die See. Arindal mein Sohn, stieg vom Hügel herab rauh in der Beute der Jagd. Seine Pfeile rasselten an seiner Seite. Seinen Bogen trug er in der Hand. Fünf schwarzgraue Dokken waren um ihn. Er sah den kühnen Erath am Ufer, faßt und band ihn an die Eiche. Fest umflocht er seine Hüften, er füllt mit Aechzen die Winde.

Arindal betritt die Welle in seinem Boote, Daura herüber zu bringen. Armar kam in seinem Grimm, drükt ab den grau befiederten Pfeil, er klang, er sank in dein Herz, o Arindal, mein Sohn! Statt Erath des Verräthers kamst du um, das Boot erreicht den Felsen, er sank dran nieder und starb. Welch war dein Jammer, o Daura, da zu deinen Füssen floß deines Bruders Blut.

Die Wellen zerschmettern das Boot. Armar stürzt sich in die See, seine Daura zu retten oder zu sterben. Schnell stürmt ein Stos vom Hügel in die Wellen, er sank und hub sich nicht wieder.

Allein auf dem seebespülten Felsen hört ich die Klage meiner Tochter. Viel und laut war ihr Schreyen; doch konnt sie ihr Vater nicht retten. Die ganze Nacht stund ich am Ufer, ich sah sie im schwachen Strahle des Monds, die ganze Nacht hört ich ihr Schreyn. Laut war der Wind, und der Regen schlug scharf nach der Seite des Bergs. Ihre Stimme ward schwach, eh der Morgen erschien, sie starb weg wie die Abendluft zwischen dem Grase der Felsen. Beladen mit Jammer starb sie und ließ Armin allein! dahin ist meine Stärke im Krieg, gefallen mein Stolz unter den Mädgen.

Wenn die Stürme des Berges kommen, wenn der Nord die Wellen hoch hebt, siz ich am schallenden Ufer, schaue nach dem schröklichen Felsen. Oft im sinkenden Mond seh ich die Geister meiner Kinder, halb dämmernd, wandeln sie zusammen in trauriger Eintracht.

Ein Strohm von Thränen, der aus Lottens Augen brach und ihrem gepreßten Herzen Luft machte, hemmte Werthers Gesang, er warf das Papier hin, und faßte ihre Hand und weinte die bittersten Thränen. Lotte ruhte auf der andern und verbarg ihre Augen in's Schnupftuch, die Bewegung beyder war fürchterlich. Sie fühlten ihr eigenes Elend in dem Schiksal der Edlen, fühlten es zusammen, und ihre Thränen vereinigten sie. Die Lippen und Augen Werthers glühten an Lottens Arme, ein Schauer überfiel sie, sie wollte sich entfernen und es lag all der Schmerz, der Antheil betäubend wie Bley auf ihr. Sie athmete sich zu erholen, und bat ihn schluchsend, fortzufahren, bat mit der ganzen Stimme des Himmels, Werther zitterte, sein Herz wollte bersten, er hub das Blatt auf und las halb gebrochen:

Warum wekst du mich Frühlingsluft, du buhlst und sprichst: ich bethaue mit Tropfen des Himmels. Aber die Zeit meines Welkens ist nah, nah der Sturm, der meine Blätter herabstört! Morgen wird der Wandrer kommen, kommen der mich sah in meiner Schönheit, rings wird sein Aug im Felde mich suchen, und wird mich nicht finden. –

Die ganze Gewalt dieser Worte fiel über den Unglüklichen, er warf sich vor Lotten nieder in der vollen Verzweiflung, faßte ihre Hände, drukte sie in seine Augen, wider seine Stirn, und ihr schien eine Ahndung seines schröklichen Vorhabens durch die Seele zu fliegen. Ihre Sinnen verwirrten sich, sie drukte seine Hände, drukte sie wider ihre Brust, neigte sich mit einer wehmüthigen Bewegung zu ihm, und ihre glühenden

Wangen berührten sich. Die Welt vergieng ihnen, er schlang seine Arme um sie her, preßte sie an seine Brust, und dekte ihre zitternde stammelnde Lippen mit wüthenden Küssen. Werther! rief sie mit erstikter Stimme sich abwendend, Werther! und drükte mit schwacher Hand seine Brust von der ihrigen! Werther! rief sie mit dem gefaßten Tone des edelsten Gefühls; er widerstund nicht, lies sie aus seinen Armen, und warf sich unsinnig vor sie hin. Sie riß sich auf, und in ängstlicher Verwirrung, bebend zwischen Liebe und Zorn sagte sie: Das ist das leztemal! Werther! Sie sehn mich nicht wieder. Und mit dem vollsten Blik der Liebe auf den Elenden eilte sie in's Nebenzimmer, und schloß hinter sich zu. Werther strekte ihr die Arme nach, getraute sich nicht sie zu halten. Er lag an der Erde, den Kopf auf dem Canapee, und in dieser Stellung blieb er über eine halbe Stunde, biß ihn ein Geräusch zu sich selbst rief. Es war das Mädgen, das den Tisch dekken wollte. Er gieng im Zimmer auf und ab, und da er sich wieder allein sah, gieng er zur Thüre des Cabinets, und rief mit leiser Stimme, Lotte! Lotte! nur noch ein Wort, ein Lebe wohl! – Sie schwieg, er harrte – und bat – und harrte, dann riß er sich weg und rief, Leb wohl, Lotte! auf ewig leb wohl!

Er kam an's Stadtthor. Die Wächter die ihn schon gewohnt waren, ließen ihn stillschweigend hinaus, es stübte zwischen Regen und Schnee, und erst gegen eilfe klopfte er wieder. Sein Diener bemerkte, als Werther nach Hause kam, daß seinem Herrn der Huth fehlte. Er getraute sich nichts zu sagen, entkleidete ihn, alles war naß. Man hat nachher den Huth auf einem Felsen, der an dem Abhange des Hügels in's Thal sieht gefunden, und es ist unbegreiflich, wie er ihn in einer finstern feuchten Nacht ohne zu stürzen erstiegen hat.

Er legte sich zu Bette und schlief lange. Der Bediente fand ihn schreiben, als er ihm den andern Morgen auf sein Rufen den Caffee brachte. Er schrieb folgendes am Briefe an Lotten:

Zum leztenmale denn, zum leztenmale schlag ich diese Augen auf, sie sollen ach die Sonne nicht mehr sehen, ein trüber neblichter Tag hält sie bedeckt. So traure denn, Natur, dein Sohn, dein Freund, dein Geliebter naht sich seinem Ende. Lotte, das ist ein Gefühl ohne gleichen, und doch kommt's dem dämmernden Traume am nächsten, zu sich zu sagen: das ist der lezte Morgen. Der lezte! Lotte, ich habe keinen Sinn vor das Wort, der lezte! Steh ich nicht da in meiner ganzen Kraft, und

Morgen lieg ich ausgestreckt und schlaff am Boden. Sterben! Was heist das? Sieh wir träumen, wenn wir vom Tode reden. Ich hab manchen sterben sehen, aber so eingeschränkt ist die Menschheit, daß sie für ihres Daseyns Anfang und Ende keinen Sinn hat. Jezt noch mein, dein! dein! o Geliebte, und einen Augenblick – getrennt, geschieden – vielleicht auf ewig. – Nein, Lotte, nein – Wie kann ich vergehen, wie kannst du vergehen, wir sind ja! – Vergehen! – Was heißt das? das ist wieder ein Wort! ein leerer Schall ohne Gefühl für mein Herz. – – Todt, Lotte! Eingescharrt der kalten Erde, so eng, so finster! – Ich hatte eine Freundin, die mein Alles war meiner hülflosen Jugend, sie starb und ich folgte ihrer Leiche, und stand an dem Grabe. Wie sie den Sarg hinunter ließen und die Seile schnurrend unter ihm weg und wieder herauf schnellten, dann die erste Schaufel hinunter schollerte und die ängstliche Lade einen dumpfen Ton wiedergab, und dumpfer und immer dumpfer und endlich bedeckt war! – Ich stürzte neben das Grab hin – Ergriffen erschüttert geängstet zerrissen mein innerstes, aber ich wuste nicht wie mir geschah, – wie mir geschehen wird – Sterben! Grab! Ich verstehe die Worte nicht!

O vergieb mir! vergieb mir! Gestern! Es hätte der lezte Augenblik meines Lebens seyn sollen. O du Engel! zum erstenmale, zum erstenmale ganz ohne Zweifel durch mein innig innerstes durchglühte mich das Wonnegefühl: Sie liebt mich! Sie liebt mich. Es brennt noch auf meinen Lippen das heilige Feuer das von den deinigen ströhmte, neue warme Wonne ist in meinem Herzen. Vergieb mir, vergieb mir.

Ach ich wuste, daß du mich liebtest, wuste es an den ersten seelenvollen Blikken, an dem ersten Händedruk, und doch wenn ich wieder weg war, wenn ich Alberten an deiner Seite sah, verzagt' ich wieder in fieberhaften Zweifeln.

Erinnerst du dich der Blumen die du mir schiktest, als du in jener fatalen Gesellschaft mir kein Wort sagen, keine Hand reichen konntest, o ich habe die halbe Nacht davor gekniet, und sie versiegelten mir deine Liebe. Aber ach! diese Eindrükke gingen vorüber, wie das Gefühl der Gnade seines Gottes allmählig wieder aus der Seele des Gläubigen weicht, die ihm mit ganzer Himmelsfülle im heiligen sichtbaren Zeichen gereicht ward.

Alles das ist vergänglich, keine Ewigkeit soll das glühende Leben auslöschen, das ich gestern auf deinen Lippen genoß, das ich in mir fühle. Sie liebt mich! Dieser Arm hat sie umfast, diese Lippen auf ihren Lippen gezittert, dieser Mund am ihrigen gestammelt. Sie ist mein! du bist mein! ja Lotte auf ewig!

Und was ist das? daß Albert dein Mann ist! Mann? – das wäre denn für diese Welt – und für diese Welt Sünde, daß ich dich liebe, daß ich dich aus seinen Armen in die meinigen reissen möchte? Sünde? Gut! und ich strafe mich davor: Ich hab sie in ihrer ganzen Himmelswonne geschmekt diese Sünde, habe Lebensbalsam und Kraft in mein Herz gesaugt, du bist von dem Augenblikke mein! Mein, o Lotte. Ich gehe voran! Geh zu meinem Vater, zu deinem Vater, dem will ich's klagen und er wird mich trösten biß du kommst, und ich fliege dir entgegen und fasse dich und bleibe bey dir vor dem Angesichte des Unendlichen in ewigen Umarmungen.

Ich träume nicht, ich wähne nicht! nah am Grabe ward mir's heller. Wir werden seyn, wir werden uns wieder sehn! Deine Mutter sehn! ich werde sie sehen, werde sie finden, ach und vor ihr all mein Herz ausschütten. Deine Mutter. Dein Ebenbild.

Gegen eilfe fragte Werther seinen Bedienten, ob wohl Albert zurük gekommen sey. Der Bediente sagte: ja er habe dessen Pferd dahin führen sehn. Drauf giebt ihm der Herr ein offenes Zettelgen des Inhalts:

Wollten Sie mir wohl zu einer vorhabenden Reise ihre Pistolen leihen? Leben Sie recht wohl.

Die liebe Frau hatte die lezte Nacht wenig geschlafen, ihr Blut war in einer fieberhaften Empörung, und tausenderley Empfindungen zerrütteten ihr Herz. Wider ihren Willen fühlte sie tief in ihrer Brust das Feuer von Werthers Umarmungen, und zugleich stellten sich ihr die Tage ihrer unbefangenen Unschuld, des sorglosen Zutrauens auf sich selbst in doppelter Schöne dar, es ängstigten sie schon zum voraus die Blikke ihres Manns, und seine halb verdrüßlich halb spöttische Fragen, wenn er Werthers Besuch erfahren würde; sie hatte sich nie verstellt, sie hatte nie gelogen, und nun sah sie sich zum erstenmal in der unvermeidlichen Nothwendigkeit; der Widerwillen, die Verlegenheit die sie dabey empfand, machte die Schuld in ihren Augen grösser, und doch konnte sie den Urheber davon weder hassen, noch sich versprechen, ihn nie wieder zu sehn. Sie weinte bis gegen Morgen, da sie in einen matten Schlaf versank, aus dem sie sich kaum aufgeraft und angekleidet hatte, als ihr Mann zurükkam, dessen Gegenwart ihr zum erstenmal ganz unerträglich war; denn indem sie zitterte, er würde das verweinte überwachte ihrer Augen und ihrer Gestalt entdekken, ward sie noch verwirrter, bewillkommte ihn mit einer heftigen Umarmung, die mehr Bestürzung und Reue, als eine auffahrende Freude ausdrükte, und eben dadurch machte sie die Aufmerksamkeit Albertens rege, der, nachdem er einige Briefe und Pakets erbrochen, sie ganz trokken fragte, ob sonst nichts vorgefallen, ob niemand da gewesen wäre? Sie antwortete ihm stokkend, Werther seye gestern eine Stunde gekommen. – Er nimmt seine Zeit gut, versezt er, und ging nach seinem Zimmer. Lotte war eine Viertelstunde allein geblieben. Die Gegenwart des Mannes, den sie liebte und ehrte, hatte einen neuen Eindruk in ihr Herz gemacht. Sie erinnerte sich all seiner Güte, seines Edelmuths seiner Liebe, und schalt sich, daß sie es ihm so übel gelohnt habe. Ein unbekannter Zug reizte sie ihm zu folgen, sie nahm ihre Arbeit, wie sie mehr gethan hatte, ging nach seinem Zimmer und fragte, ob er was bedürfte? er antwortete: nein! stellte sich an Pult zu schreiben, und sie sezte sich nieder zu strikken. Eine Stunde waren sie auf diese Weise neben einander, und als Albert etlichemal in der Stube auf und ab ging, und Lotte ihn anredete, er aber wenig oder nichts drauf gab und sich wieder an Pult stellte, so verfiel sie in eine Wehmuth, die ihr um desto ängstlicher ward, als sie solche zu verbergen und ihre Thränen zu verschlukken suchte.

Die Erscheinung von Werthers Knaben versezte sie in die gröste Verlegenheit, er überreichte Alberten das Zettelgen, der sich ganz kalt nach seiner Frau wendete, und sagte: gieb ihm die Pistolen. – Ich laß ihm glükliche Reise wünschen, sagt er zum Jungen. Das fiel auf sie wie ein Donnerschlag. Sie schwankte aufzustehn. Sie wußte nicht wie ihr geschah. Langsam ging sie nach der Wand, zitternd nahm sie sie herunter, puzte den Staub ab und zauderte, und hätte noch lang gezögert, wenn nicht Albert durch einen fragenden Blik: was denn das geben sollte? sie gedrängt hätte. Sie gab das unglükliche Gewehr dem Knaben, ohne ein Wort vorbringen zu können, und als der zum Hause draus war, machte sie ihre Arbeit zusammen, ging in ihr Zimmer in dem Zustand des unaussprechlichsten Leidens. Ihr Herz weissagte ihr alle Schröknisse. Bald war sie im Begriff sich zu den Füssen ihres Mannes zu werfen, ihm alles zu entdekken, die Geschichte des gestrigen Abends, ihre Schuld und ihre Ahndungen. Dann sah sie wieder keinen Ausgang des Unternehmens, am wenigsten konnte sie hoffen ihren Mann zu einem Gange nach Werthern zu bereden. Der Tisch ward gedekt, und eine gute Freundinn, die nur etwas zu fragen kam und die Lotte nicht wegließ, machte die Unterhaltung bey Tische erträglich, man zwang sich, man redete, man erzählte, man vergaß sich.

Der Knabe kam mit den Pistolen zu Werthern, der sie ihm mit Entzükken abnahm, als er hörte, Lotte habe sie ihm gegeben. Er ließ sich ein Brod und Wein bringen, hies den Knaben zu Tisch gehn, und sezte sich nieder zu schreiben.

Sie sind durch deine Hände gegangen, du hast den Staub davon gepuzt, ich küsse sie tausendmal, du hast sie berührt. Und du Geist des Himmels begünstigst meinen Entschluß! Und du Lotte reichst mir das Werkzeug, du, von deren Händen ich den Tod zu empfangen wünschte, und ach nun empfange. O ich habe meinen Jungen ausgefragt, du zittertest, als du sie ihm reichtest, du sagtest kein Lebe wohl; – Weh! Weh! – kein Lebe wohl! – Solltest du dein Herz für mich verschlossen haben, um des Augenbliks willen der mich auf ewig an dich befestigte. Lotte, kein Jahrtausend vermag den Eindruk auszulöschen! Und ich fühl's, du kannst den nicht hassen, der so für dich glüht.

Nach Tische hieß er den Knaben alles vollends einpakken, zerriß viele Papiere, ging aus, und brachte noch kleine Schulden in Ordnung. Er kam wieder nach Hause, ging wieder aus, vor's Thor ohngeachtet des Regens, in den gräflichen Garten, schweifte weiter in der Gegend umher, und kam mit einbrechender Nacht zurük und schrieb.

Wilhelm, ich habe zum leztenmale Feld und Wald und den Himmel gesehn. Leb wohl auch du! Liebe Mutter, verzeiht mir! Tröste sie, Wilhelm. Gott segne euch! Meine Sachen sind all in Ordnung. Lebt wohl! Wir sehen uns wieder und freudiger.

Ich habe dir übel gelohnt, Albert, und du vergiebst mir. Ich habe den Frieden deines Hauses gestört, ich habe Mißtrauen zwischen euch gebracht. Leb wohl, ich will's enden. O daß ihr glüklich wäret durch meinen Tod! Albert! Albert! mache den Engel glüklich. Und so wohne Gottes Seegen über dir!

Er kramte den Abend noch viel in seinen Papieren, zerriß vieles und warf's in Ofen, versiegelte einige Päkke mit den Addressen an Wilhelmen. Sie enthielten kleine Aufsäzze, abgerissene Gedanken, deren ich verschiedene gesehen habe; und nachdem er um zehn Uhr im Ofen nachlegen, und sich einen Schoppen Wein geben lassen, schikte er den Bedienten, dessen Kammer wie auch die Schlafzimmer der Hausleute weit hinten hinaus waren, zu Bette, der sich denn in seinen Kleidern niederlegte um früh bey der Hand zu seyn, denn sein Herr hatte gesagt, die Postpferde würden vor sechse vor's Haus kommen.

nach eilfe.

Alles ist so still um mich her, und so ruhig meine Seele, ich danke dir Gott, der du diesen lezten Augenblikken diese Wärme, diese Kraft schenkest.

Ich trete an's Fenster, meine Beste, und seh und sehe noch durch die stürmenden vorüberfliehenden Wolken einzelne Sterne des ewigen Himmels! Nein, ihr werdet nicht fallen! Der Ewige trägt euch an seinem Herzen, und mich. Ich sah die Deichselsterne des Wagens, des liebsten unter allen Gestirnen. Wenn ich Nachts von dir ging, wie ich aus deinem Thore trat, stand er gegen über! Mit welcher Trunkenheit hab ich ihn oft angesehen! Oft mit aufgehobenen Händen ihn zum Zeichen, zum heiligen Merksteine meiner gegenwärtigen Seligkeit gemacht, und noch – O Lotte, was erinnert mich nicht an dich! Umgiebst du mich nicht, und hab ich nicht gleich einem Kinde, ungenügsam allerley Kleinigkeiten zu mir gerissen, die du Heilige berührt hattest!

Liebes Schattenbild! Ich vermache dir's zurük, Lotte, und bitte dich es zu ehren. Tausend, tausend Küsse hab ich drauf gedrükt, tausend Grüße ihm zugewinkt, wenn ich ausgieng, oder nach Hause kam.

Ich habe deinen Vater in einem Zettelgen gebeten, meine Leiche zu schüzzen. Auf dem Kirchhofe sind zwey Lindenbäume, hinten im Ekke nach dem Felde zu, dort wünsch ich zu ruhen. Er kann, er wird das für seinen Freund thun. Bitt ihn auch. Ich will frommen Christen nicht zumuthen, ihren Körper neben einem armen Unglüklichen niederzulegen. Ach ich wollte, ihr begrübt mich am Wege, oder im einsamen Thale, daß Priester und Levite vor dem bezeichnenden Steine sich segnend vorüberging, und der Samariter eine Thräne weinte.

Hier Lotte! Ich schaudere nicht den kalten schröklichen Kelch zu fassen, aus dem ich den Taumel des Todes trinken soll! Du reichtest mir ihn, und ich zage nicht. All! All! so sind all die Wünsche und Hoffnungen meines Lebens erfüllt! So kalt, so starr an der ehernen Pforte des Todes anzuklopfen.

Daß ich des Glüks hätte theilhaftig werden können! Für dich zu sterben, Lotte, für dich mich hinzugeben. Ich wollte muthig, ich wollte freudig sterben, wenn ich dir die Ruhe, die Wonne deines Lebens wieder schaffen könnte; aber ach das ward nur wenig Edlen gegeben, ihr Blut für die Ihrigen zu vergiessen, und durch ihren Tod ein neues hundertfältiges Leben ihren Freunden anzufachen.

In diesen Kleidern, Lotte, will ich begraben seyn. Du hast sie berührt, geheiligt. Ich habe auch darum deinen Vater gebeten. Meine Seele schwebt über dem Sarge. Man soll meine Taschen nicht aussuchen. Diese blaßrothe Schleife, die du am Busen hattest, als ich dich zum erstenmale unter deinen Kindern fand. O küsse sie tausendmal und erzähl ihnen das Schiksal ihres unglüklichen Freunds. Die Lieben, sie wimmeln um mich. Ach wie ich mich an dich schloß! Seit dem ersten Augenblikke dich nicht lassen konnte! Diese Schleife soll mit mir begraben werden. An meinem Geburtstage schenktest du mir sie! Wie ich das all verschlang – Ach ich dachte nicht, daß mich der Weg hierher führen sollte! – – Sey ruhig! ich bitte dich, sey ruhig! –

Sie sind geladen – es schlägt zwölfe! – So sey's denn – Lotte! Lotte leb wohl! Leb wohl!

Ein Nachbar sah den Blik vom Pulver und hörte den Schuß fallen, da aber alles still blieb achtete er nicht weiter drauf.

Morgens um sechse tritt der Bediente herein mit dem Lichte, er findet seinen Herrn an der Erde, die Pistole und Blut. Er ruft, er faßt ihn an, keine Antwort, er röchelt nur noch. Er lauft nach den Aerzten, nach Alberten. Lotte hörte die Schelle ziehen, ein Zittern ergreift all ihre Glieder, sie wekt ihren Mann, sie stehen auf, der Bediente bringt heulend und stotternd die Nachricht, Lotte sinkt ohnmächtig vor Alberten nieder.

Als der Medikus zu dem Unglüklichen kam, fand er ihn an der Erde ohne Rettung, der Puls schlug, die Glieder waren alle gelähmt, über dem rechten Auge hatte er sich durch den Kopf geschossen, das Gehirn war herausgetrieben. Man ließ ihm zum Ueberflusse eine Ader am Arme, das Blut lief, er holte noch immer Athem.

Aus dem Blut auf der Lehne des Sessels konnte man schliessen, er habe sizzend vor dem Schreibtische die That vollbracht. Dann ist er herunter gesunken, hat sich konvulsivisch um den Stuhl herum gewälzt, er lag gegen das Fenster entkräftet auf dem Rükken, war in völliger Kleidung gestiefelt, im blauen Frak mit gelber Weste.

Das Haus, die Nachbarschaft, die Stadt kam in Aufruhr. Albert trat herein. Werthern hatte man aufs Bett gelegt, die Stirne verbunden, sein Gesicht schon wie eines Todten, er rührte kein Glied, die Lunge röchelte noch fürchterlich bald schwach bald stärker, man erwartete sein Ende.

Von dem Weine hatte er nur ein Glas getrunken. Emilia Galotti lag auf dem Pulte aufgeschlagen.

Von Alberts Bestürzung, von Lottens Jammer laßt mich nichts sagen.

Der alte Amtmann kam auf die Nachricht hereingesprengt, er küßte den Sterbenden unter den heissesten Thränen. Seine ältsten Söhne kamen bald nach ihm zu Fusse, sie fielen neben dem Bette nieder im Ausdruk des unbändigsten Schmerzens, küßten ihm die Hände und den Mund, und der ältste, den er immer am meisten geliebt, hing an seinen Lippen, bis er verschieden war und man den Knaben mit Gewalt wegriß. Um zwölfe Mittags starb er. Die Gegenwart des Amtmanns und seine Anstalten tischten einen Auflauf. Nachts gegen eilfe ließ er ihn an die Stätte begraben, die er sich erwählt hatte, der Alte folgte der Leiche und die Söhne. Albert vermochts nicht. Man fürchtete für Lottens Leben. Handwerker trugen ihn. Kein Geistlicher hat ihn begleitet.

Die Substanz dieser atemberaubenden Geschichte von Kolhaas ist modern, obwohl sie in der literarischen Form einer alten Chronik berichtet wird. Der um sein Recht betrogene Rosshändler kämpft gegen Missstände, die noch zu Kleists eigener Zeit aktuell waren.

gross·druck
K·G·Saur